像少年啦飞驰

韩寒 著

天津出版传媒集团

天津人民出版社

序

　　这十多万字我大概写了一年的时间，其间断断续续，往往到后来自己前面写的什么东西都不记得了，所以只好跳过，重新叙述另一件事情。这仅仅是我的懒散造成的，并不是什么叙事风格或者文学技巧。在此先说清楚，免得到时候有什么专家、权威之类的说什么话弄得大家不知所云。

　　在一年以前我还是一个现象，之后也有很多人争做什么现象，这些并非我的意愿。我只是觉得，与其这么讨论还不如去做点什么。这场讨论丝毫没有意义，谁都无法改变谁。

　　《三重门》是一部我倾注很大心血的书，所以我不容许任何所谓专家、教授、权威学者之类的人没有看过就发表评论。我觉得那帮人很厉害，在没有看到作品的情况下居然能够头头是道地去分析它。可能这就是受了"高等教育"所学会的本领。

　　同时我发现电视台的谈话节目是一个很愚蠢的东西，从此以后我再也不会参与这样的节目并且试图表达一些什么东西，尤其在北京做了几个节目以后这样的感觉特别明显。坐在台上的这些学历很高的堂堂专家居然能够在连我书皮是什么颜色都不知道的情况下，侃侃而谈我的文学水准到底如何，对此我觉得很遗憾。

这些本应该是小说的内容，但是我怕人家当是虚构的。

几个月前上海一家电视台做了我一个办网站的朋友的谈话节目，当时台下齐刷刷十来个专家之类的人，对我朋友的网站提出这样那样的见解，比如你这个网站虽然达到一定的水平但是什么什么的，或者说你的技术在我看来还是不全面的等等等等。然后我实在憋不住问他们，你们当中有谁知道他的网站名字叫什么？结果没人看过。这是整个无聊节目当中唯一一个不无聊的问题，可惜事后给删掉了。

过几天有人给我看《人民日报》的一个评论，里面有一段话的大致内容是说"当韩寒以粗鲁不恭的语言打断几位教育界人士的话时，他们一例地保持着宽容的表情，并不因被冒犯而生气"，我想说的是，我不需要这类人的宽容，况且这些表情都是装出来的。而且就算你们不宽容我，你们也不能怎样我，你们不能改变我就如同我不能改变你们。所以我只希望大家好好去做一些事情，不要一天到晚讨论此讨论彼的。

《三重门》以后有很多盗版和伪本，包括《三重门外》《三重门续》《生命力》等等。大家盗版我的书我没多大意见，只是希望可以尊重原著，盗出水准，不要出现跳页漏页，不要把别人的东西搬过来说是我写的，最好使用整书激光扫描而不要重新排版打字以免出现错别字。所谓盗亦有道说的就是盗版也要有道德，已经很暴利了，就多花一点功夫上去。

这是我的第三本书。

同时要说的是，我不是什么愤青，除了有时候到车市看见好车的车价然后再对照一下国际市场售价的时候会愤青一回外，其余时间都不曾怨天尤人。我只是在做我喜欢做的事情而已，对此我想其他人没必要来指点什么。

2002年1月

总会有光明的东西，在未来。

1

在某个时候我有一个朋友，号称铁牛，铁牛的特征是看上去像头铁牛。

我们当时学一篇课文，说到长江一个急弯的地方有一个小镇，那里有两座镇江的铁牛时，大家和铁牛相视而笑。当时铁牛很豪迈，举手说，报告老师，我以后要去支援长江的建设。那时正开家长会，大家纷纷恭喜铁牛的爹说国家有希望了。铁牛以后养成了一个习惯，就是上课中无论什么时候，在国家需要他的时候都会挺身而出支援建设。

小学四年级，我和铁牛双双留级，理由是考试时铁牛看我的试卷。偷看是没有错的，错就错在铁牛偷看的是我的，但是我因为没有及格留级了，所以铁牛也付出了代价。

四年级我和铁牛念了两次，在暑假的时候被我们的父母严厉管教，使我和铁牛上山当和尚的梦想破灭。

当时铁牛就有了一个女朋友，这还是我在返校的时候发现的。因为铁牛的脚大，平时穿回力球鞋的时候从来不系鞋带，体育课看得我们心里直痒痒，想这小子什么时候跌倒然后妈的摔个严重的。但是从那个暑假开始，铁牛开始系鞋带，头发用水涂出造型。可惜毕竟是水，持久性不行。于是，铁牛一下课就"噌"的一下蹿向厕所，回来后头发又是丝路清晰，使我们常常怀疑这小子是尿撒在手上然后在头发上擦还是怎么着。

一个礼拜之后我知道铁牛喜欢的是我们留级以前的班级的一个女生，名字叫陈露。她爹是粮食局的局长，这使我和铁牛很敬畏，我私下常对他说，铁牛，你可要好好地招待陈露啊，否则我们就没有粮食了。

陈露在我的眼里从来只是粮食的代言人，在铁牛眼里就不一样了。铁牛为她学唱小虎队的歌，每天要把你的心我的心串一串，串一个同心圆串一个什么来着。铁牛有自卑的倾向，因为他爹是打鱼的。铁牛对陈露的说法是：我爹是个渔夫，每天一早出海，有艘渔船，看见有鱼浮起来了就一枪刺下去，一刺一个准。

这是比较浪漫的说法。其实铁牛的爹就是每天早上去附近大小河流里电鱼，看见鱼被电得浮起来了，就用网兜把它们捞上来，一兜一个准。渔船倒是有，只是一个大小的问题，如果铁牛他爹平躺在渔船上，后果是把船给遮了，岸上的人会以为他是浮尸。

陈露是属于刚开始看言情小说的女孩，在铁牛留级以后更是对铁牛的大无畏精神敬佩有加，天天梦想和铁牛出海，两个人在渔船上看星星。铁牛在暑假里学习了格斗，为了转移陈露对渔船的关注，一有空就找班级里弱小的男生结伴撒尿，在走过陈露的班级时，把别人突然放倒，此刻陈露就在里面注视铁牛。

我和铁牛留级以后在一个班级里念书。我们进去的时候老师教导同学对我们要一视同仁，结果她自己从来没有一视同仁过，上课的时候铁牛的手都要举得不朽了，她只是说，有问题的同学下课以后来老师的办公室问。碰上其他人还没有举手的，就叫起来说，啊，×××同学，有什么问题就问老师吧。铁牛在一次下课后对我说，我要杀了她。

于是我们热烈讨论杀掉班主任刘老师的方案。铁牛的建议是拿一块石头，搁在门上，等老师推门进来，就给砸死了。然后我负责把老师的尸体拖到讲台后面，铁牛则手持小刀，冲到班长的面前，俘虏班长向门口移动，而且一定不能忘记说，大家不要叫，再叫我就一刀杀了班长。

然后铁牛估计班长会说，同志们，大家不要管我，为了革命，大家叫啊。然后铁牛一刀了班长，这时的位置正好在班级里最胆小的女生宋丹旁边。于是铁牛揪起宋丹，带她出教室，撤退路线迂回曲折，因为陈露上课的班级前几天搬到了楼上，所以要先去楼上让陈露看看，再下楼逃跑。出了学校以后我们在车站等车，并把小刀扔到河里。

在这里我和铁牛产生了分歧，我的主张是把刀扔在河里我们逃，铁牛的主张是要我把刀洗干净了，再去文具店退掉，好歹是一笔钱，可以作为坐火车的经费。当然要退的还有我的新铅笔盒、铁牛的橡皮和自动铅笔。我们坐车到最近的火车站，然后坐火车逃往美国，因为铁牛听说大多数人杀了人以后是会逃到美国去的。

这个行动的搁浅是因为刘班主任在铁牛的作业本上打了一个五角星，使铁牛对班主任产生了好感。

陈露这时候是和铁牛一起回家的。铁牛负责一路保护陈露，使她免受高年级同学的欺负。陈露家在铁牛家相反的方向，但是铁牛不畏回家晚了被父亲当鱼一样对待，依然坚持每次把陈露送到离家两百米处。

铁牛把他追女孩子的经验全传授给我，说应该这么表白：

男说：你知不知道我最近喜欢一个人？

女说：我不知道。

男说：你想知道吗？

女说：想知道的。

男说：她其实就在我们的班级里，你知道了吗？

女说：我还是猜不到。

男说：你猜猜看。

女说：我猜不到。

注：**女方说此话的时候开始低头。**

男说：我把她名字的每个字的开头的三个（或者两个）字母告诉你。

女说：你说吧。

男说：她名字开头的几个字母好像（此处一定要加"好像"）是×××（或××）。

女说：我想想看，好像我们班级里没有这样的……

男说：其实这个人远在天边近在眼前。（铁牛原话误为"远在天涯近在眼边"）

于是女的头就更加低了，脸红得像当天的晚霞。

铁牛送完陈露后，要和我去学校附近的小山上练习忍者的武功。比如怎么样从一棵树跳到另外一棵，然后掏出飞镖，射中目标。后来《忍者神龟》不放了，改放《圣斗士星矢》，于是我们从学习忍者改为学习怎么样爆发小宇宙。

一次铁牛送完陈露以后对我说，今天我走在路上，我的小宇宙不小心爆发了。陈露被震了一下，问我是怎么回事。我没有告诉她，因为这是圣斗士的秘密，只有圣斗士才能知道。他妈的，来不及了，我的圣衣还没有做好。铁牛吩咐我快些练出小宇宙，好也去做一件圣衣。那天我们回去得很早，铁牛说练出了小宇宙走路的感觉到底不一样，像飞一样。那天铁牛飞得飞快，我在后面跟得很吃力。我对铁牛说：铁牛，你慢些，我跟不上你了。

第二天铁牛飞来学校上课的时候除了书包以外多了一样东西，就是一块用橡皮筋绑在肩膀上的木头。铁牛说这是圣衣的一部分。

这个奇特的装束使一个高年级的同学很好奇，频频欣赏，终于惹火了铁牛。铁牛和他在陈露的班级门口干了一架，结果是铁牛鼻子放血，圣衣被扔。陈露关切地跑过来问有没有出事，并且要去报告老师，铁牛没有让陈露报告，一个劲地说：妈的，这畜生，趁我不备，戳我眼睛。陈露走了以后我去问铁牛，你不是练出小宇宙了吗，怎么打架还是输掉？铁牛说你懂个屁，我和他交手的时候才发现，妈的他也是一个圣斗士，比我高一级，我现在是青铜圣斗士，他已经是白银圣斗士了。

这一年冬天的一个上午，铁牛去上课，发现牛爹已经在教室里等候，同时还有陈露她爹。铁牛本来要逃，结果发现站着的陈露已经看见他，只好站住，姓刘的班主任生平第一次热情地召唤铁牛进来。刚跨进教室，铁牛爹就一脚飞踹，让铁牛刚才那几步白走了。我在下面注视，庆幸自己没有女朋友。

然后是铁牛爹紧握姓刘的手说操心操心。陈露的爹问，这事怎么处理？顺手扔给铁牛爹一根烟。我发现那是好烟，铁牛爹没有舍得吸，架在耳朵上。此烟在之后暴打铁牛的过程中落下两次，被悉数捡起。陈露的爸爸在一边暗笑。陈露面无表情。

放学的时候铁牛显得很愤怒，说陈露她爹和姓刘的真他妈不是人，尤其是姓刘的，一定是她告诉陈露她爹的。真是后悔没有干了她。

第二天早上铁牛的爹在打鱼时不小心被电昏，然后坠入冰水，从此再也不能享受踹铁牛的乐趣。课堂上得知这个消息以后，我的很多同学都哭了，尤其是那个最胆小的在铁牛的杀人计划中的女孩，哭得差点儿抽筋。铁牛对我说，我操，昨天没有打过他，妈的原来也是一个白银圣斗士。

一九九〇年夏天的时候我和铁牛顺利地上了六年级。我们校会的主要内容是：二十一世纪到来，同学们应该以怎样的精神面貌去迎接。答案是同学们应该好好学习报答社会，将来做个有用的人，去建设二十一世纪。

在六年级快要结束的时候，铁牛和我加入初中的黑龙帮。

黑龙帮的老大是当地有名的流氓，他每日的生活安排如下：早晨八点起床，然后开摩托去游荡，看见人少的地方去向路人借点儿钱作为一天的活动经费；十点的时候和当家小二去吃午饭；十二点的时候去打街机；十四点的时候去文化宫看录像，看完录像出来一身的精神，开摩托的平均车速要比刚睡醒那会儿快每小时二十公里。然后在十八点的时候去洗头，洗完以后吃晚饭；二十一点的时候再去看录像，这次的内容有别于上次的。黑龙帮老大看完以后到处找女人，所以要再去一次洗头的地方。

铁牛当时的梦想是要成为老大，拥有一辆摩托。三年以前，铁牛的梦想是要成为一个公共汽车售票员，这样的话每天可以坐车。我的梦想是马上长大，骑车的时候脚要能够到地面。

关于铁牛和陈露有很多的传闻，其中最浪漫的是在一个夜晚，铁牛骑车带陈露去公园，并且牵手。三年以后的铁牛对我说：陈露这种女人，脱光衣服在我面前我都纹丝不动。她在我眼里是什么啊，这种女人，在我眼里就是粮食。这个想法和我当初的一样，三年以后的我拍着铁牛的肩膀说，你终于明白了啊。再一个三年，我们同时明白，粮食是很重要的。

铁牛第一次和女人牵手是在六年级下半学期，这个女人是标准意义上的女人，因为在铁牛的眼里，只要喜欢一个女的，半个世纪大的都叫女孩；只要不喜欢一个女的，刚出生的都叫女人。当然我们的刘班主任不算，也许在铁牛短暂的一生里，这个女人是牵铁牛的手最多的，并且在牵手的时候说，你把昨天的作业给我补上。

事情是这样的，我和铁牛是属于黑龙帮的准帮员，加入黑龙帮的主要条件之一是要有个女朋友。我找了我们班级坐在我旁边的旁边的一个，叫陈小露，为此铁牛颇有微词，我说哥们实在没有办法，这名字也不是我取的。在当时我和铁牛人见人怕，在众多的女孩中，就陈小露在一次自然常识考试的时候肯借给我橡皮，为此我深为感动。在还橡皮的时候，陈小露对我莞尔一笑。这一笑在以后的岁月中留下了很深的烙印，它代表我的粮食出现了。

以后我约陈小露去看过一次电影，在漆黑的电影院里我们注视着屏幕看解放军叔叔是怎么样把国民党赶到台湾的。当时我给陈小露买了一包话梅，陈小露为话梅核没有地方放而深感苦恼。这时电影里的声音是：同志们，关键的时刻到来了！我受到这句话的鼓励，声音发颤地对陈小露说，你吐在我的手里，我帮你去扔掉。这时我有一个最坏的打算，就是陈小露大喊道，流氓，大家抓流氓啊！于是，马上有两个警察叔叔在我面前，把我铐起来，说，你小小的年纪就要流氓，要从严惩治。于是我就要被枪毙了。在我将要被枪毙的时候，陈小露对我说，对不起。我说，没有关系，我原谅你了。然后我就被毙了。

然而，结果是陈小露很爽快地将核吐在了我的手心，她低下头的时候长发散落在我的手臂上，这时我心静如水，在陈小露的嘴靠近我的手的时候我的感想是：警察叔叔，还是把我枪毙了吧。在这几秒的过程中，我觉得，人民是离不开粮食的。几秒钟过后，陈小露在我手里留下了一粒带有温度的话梅核。

我从容平静地从座位上离开，因为后排的脚搭在我的座位上，我起立的时候声音盖过了电影里解放军战士机关枪的声音。在我附近的人用电影里解放军叔叔看国民党的眼神看着我。陈小露在一边掩着嘴笑。我手里紧握着话梅核，穿过人们的大腿和脚和叫烦的声音，走到角落的一个垃圾桶旁边，稳定一下情绪，然后把话梅核放在我校服的口袋里。

我坐回座位的时候陈小露已经在吃第二粒话梅，而我们回家的时候我已经收集了十二粒话梅核。在六年级的时候我比陈小露矮了半个头左右，所以我尽量避免和她站在一起。在室内的时候要坐，在室外的时候要骑车，这是铁牛教我的。

当天我的装束是上身校服，下身是妈妈刚给我做的那个时候很流行的太子裤，口袋的旁边有一条条的褶痕，身旁挂了一串钥匙。以前我的钥匙都挂在脖子上，后来突然觉得很幼稚，于是把爸爸旧的钥匙扣带来了。我对自己的装束很满意，想必陈小露也是。那天我满载而归，口袋塞得满满的，两边各六粒话梅核。

我们是提前退场的，因为陈小露的数学作业还没有做完。我们退场的时候正好是影片的高潮，指挥员叔叔举起了枪，大叫，同志们，冲啊！！！我忍不住回头看了一眼，和一切爱国影片一样，指挥员总是最倒霉的，他一说话自己肯定死掉，这个指挥员自己还没有来得及冲，就被敌人的飞弹给射中了。当然，又和一切爱国影片一样，他没有马上死，一定要说几句话，一个战士扶住了他，他说，不要管我，为了革命，你们冲啊！

铁牛在这段时期很痛苦，因为他一时找不到女朋友。陈露正和初一的一个男生交往，该男生每天放学以后都要骑一辆山地车到学校门口接陈露。我们对他的人没有想法，对他的车倒是很觊觎。

可是铁牛的牵手故事就是发生在陈小露的身上。因为我把陈小露带去黑龙帮，所以我被吸收为黑龙帮的新会员。本来吸收新会员都是要在他的右臂上刺青一条黑龙，现在发展迅速，就只是给了一个黑龙帮老二的拷机号码，我把自己家的电话登记在他们用手画的表格上，还有父母的职务。

自从我成为黑龙帮会员以后铁牛开始妒忌，他说论武功，他比我高一筹；论智力，他也比我高一筹，当初留级就是因为抄了我卷子。为了补偿，我不得不把陈小露借给他用一天。那天铁牛带陈小露去黑龙帮会堂的时候，我骑车在后面跟踪，发现陈小露在铁牛的车上好像很高兴，一路手舞足蹈，铁牛在离目的地还有一公里的时候表演绝技双手脱把骑车，吓得陈小露紧紧地抱住了铁牛的腰，直到铁牛的双手放在车把上了还不愿意松开。我在后面气得怒火冲天，差点儿撞死路边一个卖菜的，我在骑过卖菜的身边时破口大骂，畜生，找死。

在一路的七拐八弯以后，我发现铁牛下车的时候是顺手牵着陈小露的，然后两人进入黑龙帮活动的地方，一个底楼的店面。之后的事情我就不知道了，在陈小露变成铁牛的女朋友三天以后，他告诉我当时在会堂里的情况：先是里面的人看着这个女孩子觉得有些眼熟，于是铁牛解释说陈小露和我已经吹了，然后当众一手搭着陈小露的肩说，现在她是我的了。

后来的事实告诉我铁牛最后一句话是真的。再然后他们去了公园，消失在一座山后。出现以后两个人去了河边、桥下、商店，最后是电影院。铁牛带着陈小露夹在人流里一起进电影院时，我在离开他们一条街宽的距离。我骑车回家的时候面无表情，只是看手表，想这时电影演到什么地方了，指挥员估计是快要死了，陈小露的话梅不知道吃了几颗。在经过一个卖录音机的小摊的时候，我听见一个小型的机器里面在放，同志们，冲啊！

第二天陈小露来的时候我很尴尬，想陈小露和我究竟应该说些什么，然后我应该对她说些什么，然后我又应该恰当地露出一个怎么样的表情。我思考得很痛苦。结果陈小露很体贴，没有让我难堪。因为她从此再也没有对我说任何话。我记得我对她说的最后的话是：陈小露，明天铁牛要带你去办一些事情，你就跟着他。陈小露是我见过的最听话的女孩子，她跟了铁牛一年整。原因不明。

在以后的三天里我想着怎么样出气，可是陈小露并没有留下什么东西让我追悼，我送给陈小露的子弹项链却准时地出现在铁牛的脖子上。我对铁牛说，他妈的，还不如我当初直接送给你，就不要什么中介部门了。铁牛抚摸着子弹说，好质地，我打算去搞一把枪。

一年以后，在收拾抽屉的时候我发现了当初可以让我发泄愤怒的东西，就是十二颗话梅核，已经发霉了。我小心翼翼地用纸包起它们，扔在垃圾桶里，备感恶心。

然而我和铁牛依然是好哥们。在小学考初中的时候，我们去了一个学校的两个班级，这是我至今最看不惯的学校，有着长相实在夸张的一个校长。此公姓焦，我们私下谈论的时候，总是说那个"性交的"。这是前几届的人留下来的，发明这个称号的人现在去了美国，成为学校最值得骄傲的人物。焦校长在说到我校出过的历史名人的时候一直把他放在第一个，说他从小就是校长最看得起的人物，"我最器重他，把我的知识很多都传授给了他，所以现在他在麻省理工学院"，故事完。

每一个带过他的老师都对他赞不绝口，都把他能够留美的原因归功于自己。比如政治老师说是她帮他树立了正确的人生观价值观；英语老师说他能够在美国立足最主要是因为她的英语教得好，"见到一个美国女人，三句话就可以让她上床。"这后半句是铁牛加的。

当时我和我的同学很不服气，不就是个美国吗？飞机飞过去不就是几十分钟吗？显然我们高估了飞机的速度。时隔很久我们终于知道那个小子是毕业以后去金三角贩毒，被逮住以后逃了，逃往美国，杳无音讯，不知死活，永不回来。

知道这个消息我和铁牛十分激动，铁牛因为过分激动，叫"性交的"叫得太响亮，被姓焦的听见，背负处分一个，理由是严重违反学校纪律。至于是什么纪律给严重违反了，至今不得其解。铁牛回来对陈小露说，我要杀了他。

于是我和铁牛又开始酝酿杀人计划，我们的计划是由铁牛向黑龙帮老大借一把枪，在校长回家的必经之路上，一枪灭了他，然后把枪扔在附近建筑工地的一个临时井里，这个井会在工程结束以后马上被填掉，然后若无其事地走开，在人围得多的时候再去看热闹，并且表示惋惜。

铁牛把计划告诉陈小露，陈小露笑得不能自已。这坚定了铁牛要杀人的念头。铁牛在录像厅找到黑龙帮老大，问他借枪，被旁边的帮手扇了一个巴掌，说，自己造去。

在那一阵子铁牛搞枪搞得很辛苦，因为没有枪就没有办法毙掉校长。

我们在加入了黑龙帮之后开始考虑加入它的实质意义有多大，因为那个时候黑龙帮开始走下坡路，老大被抓，判了三年。以前都是治安拘留十五天就放出来了。世界上的事情就是这样的，十五天出来以后，这个世界依然是你的世界，但是三年以后出来的话，这个世界就不知道是谁的了。

这个帮派就这么莫名其妙地结束了，老大的摩托车不知道被谁抢了，新上任的要改帮名，没有去街上务正业，搞得我们这里的治安一片大好，这个帮派是可以结束了。我和铁牛在里面无所事事地混了一年。

在这一年里面，我们所做的就是在学校门口卖羊肉串的地方赊了两块钱；还有就是试图抢劫一个在菜市场卖完菜回家的，希望可以引起老大的注意然后使我等在帮里有个好位置；再就是出门的时候有人看不顺眼了就一个电话叫他二十个兄弟，估计那人不被揍死也给吓死了。这一切的美梦在我们得知老大被抓以后成为泡影。至于老大为什么被抓，到现在也不甚明了，甚至连他的名字我们都不知道。

铁牛在借枪之前还是十分崇拜老大的，尊称其为黑老大。铁牛可能就崇拜这么一个人，却被他身边的一个人一巴掌打成了历史。在退出黑龙帮很久以后，我看见路边那卖羊肉串的，给了他两块钱。我始终以为这种做小生意的对于借他钱的最能记忆犹新，可是当我付了钱转身要走的时候，他居然叫住我，然后递给我四串羊肉串，说，小弟弟，你怎么付了钱东西不要？

我的陈小露变成铁牛的陈小露以后，我就没有跟铁牛一起回过家。

　　陈小露的家住在近郊，属于城镇结合的地方。铁牛每天和她推车慢慢地走过一个工业区，呼吸着浑浊的空气，路过一条河流。铁牛的爹活着的时候曾在这条河里电过鱼，现在这里的河水是红颜色的。

　　铁牛送陈小露回家的时候正是一天最无限好的时刻，太阳的颜色在这片地方变得不知所云，一个巨大的烟囱正往天空排毒养颜，铁牛和陈小露就在这样的气氛里走走停停。陈小露坐在铁牛自行车上的时候，把脑袋靠在铁牛的后背上，铁牛卖力骑车。

　　当时陈小露刚开始接触台湾的言情小说，说话也变得很淑女。因为她的成绩比我们的好，所以在我们楼上的一个班级，每年学习成绩好的同学更上一层楼，供人瞻仰比较方便。一个礼拜六，铁牛去接陈小露，正好他们班级里没有人，陈小露不知去向。铁牛走进教室，在三楼的地方看他每天和陈小露的必经之路，觉得前所未有的清晰。

　　在开始的一年里，铁牛天天送陈小露回家，尤其是开始的几天，边走边讲笑话。比如：你看我那个哥们，就是你原来的那个，在我们小学的时候，他去小学边儿的土包上学武功，上次还告诉我，他的小宇宙给练出来了。然后两人相视大笑。

　　直到有一天，陈小露发现可以说的都说了，而铁牛本来早就已经除了骂几声他妈的我操之外就没有其他的话说了，于是两个人从此以后不相往来，莫名其妙得如同当初两人在一起。

　　现在要回过头让时间往后面退。在小学三年级的时候我就发现有些老师不怎么样，当然我这是就我们学校而言。看其他学校的兄弟一个一个和我似的，就知道至少在我接触的地方是这样的。刘班主任，外表和内在一样虚伪，她的口头禅是：×××，叫你的家长来一趟。因为她仅存的师德告诉她自己，亲手打学生是一件很麻烦的事情，所以她要做的是将这个任务下放给各个学生的家长。目的是一样的，结果也是一样的，而且自己还省下力气，可以有时间构思下一个挨打者是谁。

后来有无数的人告诉我我的想法太偏激了。可是他们都是老师的学生。

刘老师的办公室就在我们班级旁边，我们一有风吹草动她就可以马上赶到案发现场，这也方便了我们班级一个叫朱文文的告状。

此人极其阴险，每次下课总是在座位上观察，发现比如有人走路的时候不小心撞到另外一个人，两个人吵了几句，他就飞奔去隔壁的办公室。速度之快，难以形容，我们往往是抓都来不及。而他回来的时候，身后就有刘班主任的陪同。

然后发生的事情就可以预见了，这两个人的家长匆匆赶来，各踹自己的儿子几脚。姓刘的说：你们要注意抓孩子的思想品德啊，否则我们班级的分数就被他们扣光了。要培养他们的集体荣誉感。

而事实是，每个学期拿到班级评比第一名的班主任可以加奖金五百块。我们学校的班主任视这五百块为人生最高荣誉，所以拼命地强调集体荣誉。我的观点是，你要发奖金就发吧，可是这无论如何都是属于我们的。五百元，意味着你可以买两百把蜡子枪，这个数字在我的脑海里，足以武装一个军队了。

而铁牛一开始对刘没有厌恶，因为她不仅在铁牛的作业本上打过五角星，还曾经表扬过铁牛。表扬的内容是：咱们的铁牛在学校的运动会上表现突出，夺得男子一百米跑的冠军，铁牛同学给我们班级增添了荣誉。

在我和铁牛加入那个已经散伙的帮会以后，我们揍了朱文文一顿。揍他真是太没有意思了，一拳过后他就直叫"兄弟哥们以后我再也不敢了，再也再也不敢了"。于是我和铁牛放过了他。

但是两个礼拜以后，我们同时得到了处分。没有被叫去办公室，没有人通知。放学以后，我们看见学校的门口围着很多人看布告。于是我也去凑热闹，看见我和铁牛的名字赫然出现在上面，被处分的理由是在学校里面打人。这给我的启示是，以后打人要在学校外面。

三年级结束的时候，我们班召开学期总结大会。刘老师说：我们应该向朱文文同学学习，他是一位很为班级着想的同学，是老师的好帮手，是同学的好朋友，同学们要像他一样有班级荣誉感。

那个时候我有一个哥哥在技校念书，念的是机修。我的另外一个哥哥已经工作，他的老婆是大学生。在他结婚的时候我怀着十分虔诚的心情去看看大学生是什么样子的。当时她穿白色的婚纱，光彩照人。

结婚以前，我哥哥对家人说，大学生谈吐到底是不一样。在他们结婚的时候，我第一次坐到了轿车，这是他们的婚姻在我生命里留下的最重要的东西。我坐在轿车里，计划着以后也要有自己的车，要拥有我看见的一切美好的东西。

那天新娘敬酒，到我的父亲的时候，我的父亲一反常态，笑容暧昧，一口而尽。

最后新娘去了美国，当时给我哥哥的说法是"我要去长沙出差"。晚上我哥接到一个电话，是美国长途，她说，我已经到了美国，万事不要操心，我可能在美国待很久，国际长途很贵的，以后可能不打过来了，好了没有事情了，你也不要瞎想什么。拜拜。这个电话耗时四十九秒。

这个大学生当初嫁给我哥哥的理由是要气一个人，当时她和她的男朋友散伙后，男朋友去了加拿大，于是和任何失恋的女人一样，要么一生不嫁，要么嫁得飞快。她在飞快地嫁人以后恍然明白自己谁也没有气着。

我和我技校的哥哥关系比较好。因为他是技校的，所以在我们这里威信极高。技校的人打架最卖命。以后我明白那不是技校生源好，而是因为在技校的边上有一个电影院。

电影院边上是附近有名的红灯区。

所以，我们通常把技校和电影院一起称呼，叫技院。我的一个叫书君的哥哥就在技院成长。他的父亲对他的期望是成为一个文人，后来书君发展成为一个流氓，使他的父亲非常失望。我和书君在一起谈到他父亲的梦想时总会大笑，因为文人和流氓实在是差得太远了。

现在，等我混出来以后，参加一个派对，一个经理向我介绍，身边的这位，写的东西比较不好讲，她和陈染、林白（陈染、林白你可知道？）一样的，是写私小说的。这位写私小说的作家在派对的时候一个劲地抽烟，恨不能把烟屁股也吞了。可是，在这个过程里，她被烟呛着了不下十次。我就知道，其实在这个社会上，流氓和文人是没有区别的。所以说，书君他爸的梦想已经成为现实了。

我们都是文人，铁牛、我、书君、那个被关进去的黑龙帮老大，甚至陈露、陈小露、和我哥哥结婚又逃走的那个女人，都是。

技院一带是我和铁牛一起去过很多次的地方。在我们之间出现陈小露前，我和铁牛一直去技院和书君切磋武艺。当时书君有一本书，是教人格斗的，书君看书常常会有心得，所以我和铁牛就去求教。

书君在技院那会儿比我们高一个头，宿舍的床下有一副哑铃和一根三截棍。我们对三截棍比较有兴趣，因为我们清楚地记得在二年级的时候看的《忍者神龟》里，有一只乌龟是使用三截棍的。而哑铃就没有实战价值了，我从来没有看见过有人提个哑铃当武器的。

一次铁牛好奇地拿起三截棍，花了很大力气把它展成真正的三截，然后在房间里甩，打在自己的手臂上，淤青了一个礼拜。我们拿哑铃的时候是两只手拿的，书君此时的任务就是笑和追忆他小时候如何如何厉害。他说：知道我为什么有一次一个礼拜没有上课吗？是因为我在举哑铃。我就举了一个礼拜，做了几万个，马上肌肉就练出来了。

他脱去外衣展示效果，一块肌肉猛然崛起。然后捏捏我和铁牛的胳膊，说，嫩着呢，像我一样就什么也不怕了，谁也打不了我。这句话的豪气还飘荡在我和铁牛耳边没有散去的时候，书君被人痛打，住院一个礼拜。我们事先不知道他住院的消息，只知道这小子又是两个礼拜没有来，八成练哑铃去了。

我们还有一个姐姐。去书君宿舍的时候，她就端坐在书君的床上，和他一起听郑智化的《水手》。我至今不知道她的名字，只知道书君是学机修的，她是学酒店服务的。此人非常漂亮，长发披肩，和蔼可亲。到后来，书君告诉我们，她果然是和蔼可亲的，任何人都可以亲她。在改革开放如火如荼的时候，我这唯一的姐姐去了浙江，支援当地建设，发挥和蔼可亲的本色，展示酒店服务技术。在我和铁牛还闷在学校里喊为人民服务的口号的时候，她已经将口号化为行动，并且更加高尚一步，为人民的公仆服务去了。

一次书君借到一辆建设牌50CC的轻骑，带我和铁牛去兜风。我和铁牛屁股挨屁股坐在这辆窄小的车上，我们三个人几乎把这车给覆盖了。不明真相的肯定惊异我们三个是坐在什么东西上飞驰。

　　这辆轻骑被我们重骑，书君脚踩一挡，油门到底，我和铁牛差点儿抛下这可爱的世界。书君开得神采飞扬，车速甚至到了六十五。我们的屁股乱震，担心这车随时散架。身后散开一条白烟，车发出的巨响使路人驻足观望。我和铁牛频频回首，想看看我们离开了熟悉的地方和熟悉的人群有多远。

　　这时，书君突然快乐地唱起歌来。他的歌声盖过了马达轰鸣，使更多的路人频频观望。他唱的歌我和铁牛记忆深刻。书君大叫，他说风雨中这点儿痛算什么擦干泪不用怕至少我们还有梦……

　　唱歌是很平常的，其实光这歌不至于让我和铁牛永世不忘，也不是这首歌触动了我们内心深处的什么，被歌触动还是我们六年级时候的事情。难忘的原因主要是——书君唱得太投入了，在一个转弯的时候，他换挡居然没有踩离合器……

　　"建设牌"坏了以后书君花了一大笔钱维修。这时间里他游荡于各个小学之间，花了一个礼拜凑齐了换零件和车罩用的钱。铁牛生平第一次骨折，痛不欲生。我们抬起他的时候，他的小腿好像分了两截一样，一部分是垂着的。

　　我们把铁牛送回家，铁牛对他当时未死的父亲流汗解释说，是在桥扶手上走的时候摔到了桥下水泥地上的一个水泥柱子上。铁牛父亲立马施展医术，采取以毒攻毒的办法，扇了铁牛一个巴掌，说，你这兔崽子，走路不长眼，又要耗掉老子多少医药费。三天以后，书君带着两百块钱去慰问。铁牛的爹顿时对书君肃然起敬。铁牛康复得很好，那么大的事故一个多月就好了。在铁牛康复以后，他爹带他做的第一件事情就是上书君家致谢。

那次事故书君的小拇指骨折，我多处擦伤。

铁牛住院期间我和书君多次探望，并向铁牛表示最真挚的慰问。铁牛表示，自己要好好养病，争取早日康复，早日为社会主义建设事业做贡献。

铁牛出院以后第一件事情就是坐"建设50"去兜风。我们三人再次将车覆盖，但是这次书君的速度很少超过五十。当车开过我们出事的地方，铁牛说他的右脚隐隐作痛。我们开到很陌生的地方，车子快要没有油了。书君坚信加油站就在那希望的田野上，铁牛的看法是加油站在那遥远的地方，我觉得前面不会有加油站。后来我们推车步行三十分钟，只看见一个维修摩托车的地方，我们向店主高价买了两升油，重新启动轻骑。不料开了两分钟，前面就赫然一个加油站。

以后这"建设"轻骑就属于了书君。此车原先的车主与人斗殴，被人砍中脖子，当场死亡。那是一场群架，抱着人人参与全民健身的想法，混战的人数超过了五十。最后这一刀是谁砍的没有查明白，于是全民拘留十五天。

书君面对这天赐的车显得很激动。上次路过那个死去的车主坟前，书君下车去默哀，铁牛说，你还是说几句吧，死人可以听见的。于是书君憋了良久，最后说，谢谢你的车。当时我对此话极其反感，人家都死了你不能说点儿好听的真诚点儿的吗？其实这话是最真诚的，因为人家死了。

我们说点儿光明的东西。我小时候光明的东西。

比如一次我考试得了个一百分，当时我觉得这是多么美好的世界。可是这个世界只美好了两个小时，两个小时以后，姓杨的英语老师把我叫到了办公室，给我一份一样的卷子说，你再做一遍。我就兢兢业业地做完了，可惜的是，这次的成绩只有九十五分。有一个叫future的单词，我忘记了它的拼法。我记得我考试的时候就是蒙出来的，结果在一张一样的试卷上，只不过是兴奋了两个小时，我就忘记了它。杨老师看着我，旁边姓刘的班主任果然是个跨领域的人才，她对杨老师说：凭借我几十年教学育人的经验，这肯定是抄的。她把育人说得特别响，后果是我这次考试不及格。这是在什么年级的事我已经忘记了。我就记得这么一个和光明有关系的事，因为我的英语老师名字叫杨光明。

总会有光明的东西的，在未来。

在三年级结束的时候铁牛的各科考试成绩呈现鲜艳的趋势。当时他除了体育和美术之外，好像没有什么是及格的。

这个暑假铁牛爹整天操练铁牛，用各种凶器实验。而我在父母的威逼之下，好好学习，天天向上。暑假有六十天，我无比无聊。

快到七月份的时候我总会莫名其妙地心神荡漾，因为暑假的到来。六月份想，暑假可以打弹子，游泳，看动画，聊天，打游戏，多么快乐。可是到了暑假过去一半的时候我便怀疑起以前的想法，直到下一个六月份的来临。

为此我做过研究，结论是，上一个暑假我只是玩过两次弹子，游了一回泳，每天有半个小时的看电视时间，和父母聊天，到朋友家打游戏一次。我开始很纳闷为什么就是这些东西支撑着我暑假的快乐。原因是，在每个人的记忆里，都会深记两种东西，快乐的和痛苦的。忘记得最快的是无聊的。我的暑假一直是在无聊里度过的，但是觉得比在学校心胸开阔，因为我可以有六十天不用见到我的班主任和其他人。

我趴在窗台上，只看见远处一个烟囱，还有无数的树木。无数的知了在上面叫。于是我想起我们的作文还没有完成。因为每年的暑假，学校布置的《暑假见闻》我的第一句话总是：暑假到了，知了在树上叫。这个开头我用到六年级的时候。到了初一的时候我觉得腻了，总得有些丰富多彩的开头吧，于是构思许久。结果，那年暑假我的见闻开头是：知了在树上叫，暑假到了。我都腻了，可是知了却不腻，每年夏天，欢歌不已，乐此不疲。

　　铁牛的夏天安排是：每天早上五点起床，去钓浮在水面上的虾，七点回家，继续睡觉，九点起床，看《葫芦兄弟》，十一点吃饭，十二点午睡，下午三点起来，看一个叫《希曼》的动画片，看了以后热血澎湃，找一根木杆子，装一个手柄，跑到弄堂里，把剑举向天空，说，赐予我力量吧，我是希曼……然后他的梦想就是找一切看不顺眼的人报复。晚上七点吃西瓜，八点睡觉。

　　一个暑假，我和铁牛出去捡废铁卖钱，到了那个大烟囱的所在，看见许多废铁。当时勤劳致富的途径比较狭窄，我看见已经有隔壁班级的小子在捡，于是我们差点儿为了这些被人废弃的东西打起来。我们余下的日子就围绕着如果打起来会怎么样做讨论，生活在幻想之中。

　　到了一定的时候我身边的人纷纷离去，当一个个人熟悉和离去得越来越快的时候，我发现已经很久没有遇见以前朝夕相伴的人了。我的哥们之一，铁牛，不知去向，无法寻找。铁牛的第一个女朋友，陈露，在高中的时候怀孕，私自服用堕胎药，导致严重出血，被拖去学校医务室，一周以后开除。一个月以后她去墨尔本留学念高中，在悉尼转机的时候遇见以前的同学，大家看见居然没有打招呼。如果在上海这是可以理解的。然后陈露只身在墨尔本生活，和上海不再有关联。

2

若干时间以后我很不幸地进入了另外一个流氓圈子。我的同事，一个叫老枪的，成为我的朋友。此公毕业于某个师范学校，此师范的名字生僻罕见，至今没有背出。老枪从小的梦想就是成为一个文学家，这点和书君他爹有异曲同工之妙。真是没有想到这个时候还有要当文学家的，我们的热情，居然还有没在学校里就给灭了的。

3

老枪干这一行已经有四年多，这是他痛苦的四年，因为我们的工作是写东西，一天六千字，交给老板。然后给你两百元的稿费，一个月以后，就可以看见自己写的东西变成了书，在各大地摊流行，内容是你写的，可惜作者是贾平凹池莉了。

老枪写了两本贾平凹的长篇，一个刘墉的散文集子。最为神奇的是，他居然还在加入这个行业以后的第二年写了一个琼瑶的东西，差点儿给拍成电视。后来那帮傻×去找琼瑶谈版权的时候，琼瑶看着标着她名字的书半天不认识。

这事曾经成为一个新闻，使老枪颇为得意。当然，得意是暂时的，接下去的是空虚和妒忌。空虚的是，自己混了四年，写了好几百万字，都帮别人扬名或者臭名去了，给自己留下些什么都不知道；至于妒忌的是什么，一样不知道。

刚来这阵子我负责写校园纯情美文之类的东西，老枪在做一个余秋雨的。因此老枪痛苦得无以复加，改写琼瑶的东西时，都成了这样：

我趴在细雨的窗口，看见我梦中的男孩，心跳得厉害，看见他穿过雨帘，我马上跑出教室，没有带任何遮雨的工具。在我踏出教室门口的一刹那，突然，一种沉重的历史使命感压抑在我心头，多少年的文化在我心中吐纳，当我赶上去对那个男孩进行人文关怀的时候，发现他也在凝视着我，雨水从我们的脸上滑落，他看着我的眼睛，我醉了，看见他的脸上写满了上下五千年留下的沧桑。

后来这东西经过修改，印刷了五万本，充斥盗版书市场，书名叫琼瑶纯情系列、《窗外》姐妹篇、大陆唯一授权出版、琼瑶小说珍藏版《门外》。

我和老枪去逛书市的时候，一个肥头大耳的家伙向老枪推荐说：哥们儿，这是琼瑶最新的东西，送你女朋友，一定喜欢，原价是二十块，你看这天快下雨了，我也收摊了，要不我给你打五折。

4

这书老枪拿到八千。当时我们住在市区一个很小的房子里，上海。

5

我的美文系列他们给了六千，为此我努力了两个月。因为我对文学本来没有幻想，所以痛苦仅仅限于有的时候凑不满字数。

老枪的痛苦是他热爱文学，文学不热爱他。他写过几十万字的小说，没有地方发表，后来除了一个保留的之外全部送贾平凹了。这些东西换了两万多的人民币。老枪的爱好是喝酒，没钱就不能喝酒，没有酒就不能写东西，不能写东西就没有钱。写了东西有了钱有了酒却没有东西了。这就是老枪的生活。

老枪喝酒是我见过最厉害的，此公每天要喝白酒半斤，刺激灵感。有一回，应该是九月一日，只见老枪背个大书包出门，我以为他是怀念学校生活去念书了，没想到半天拎一包酒回来，放在写字桌上，开一瓶，喝一口，说，咱今天写个李白的小说。

我和老枪住的地方是那个盗版集团解决的。房租都是他们出，任务是每个月拿出至少十万字的东西。我们用的是最落后的电脑，存个盘等同于我们把泡面冲开的时间。每次我们写得饥饿不堪，总是泡个面，说，存盘吧。老枪边存边骂，丢吧，丢吧，都丢了。事实是我丢过文件，老枪因为对磁盘和电脑爱护有加，从来没有丢失过东西。

6

从我们住的地方到外滩有一个小时，每隔两天的黄昏，天知道老枪转什么路什么路的都要去外滩。

他本不住在上海，对外滩有一种天生的向往，还有和平饭店和暮色里的钟声。

我有一次和老枪去过，那次我们是叫车去的，因为刚拿到几千。我们叫的普桑穿过静安寺，穿过淮海路，看见美美百货。我们都在掂量手里的几千到那里能买几块手帕。然后穿过宝庆路，到达衡山路。

我们这时候和外滩是背道而驰的。路过衡山宾馆，看着老时光从视线里消失，路过地铁站，然后拐上肇嘉浜路，看着无数的写字楼在两边退后，无数穿得像个人样的人从里面走出，叫了一辆车后也消失了。老枪于是指责他们在如此优越的条件下写出如此差的文学作品。我提醒老枪说，那帮手里提个包的家伙不是写东西的。老枪说我知道。

可能就是老枪实在很久没有骂人了，憋得不行，想找个骂的寄托。到达徐家汇的时候，老枪终于解除对肇嘉浜路上人的仇恨，安慰自己说，不要这么骂人家，好歹也是个生物。

7

然后老枪坚持不走高架，在地面上慢慢地磨。我去北京之前，一直对上海的堵车十分痛恨。从下面走走停停，看见边上停着无数的高级轿车，里面坐着无数的生物，如同我们一样莫名其妙。在徐家汇的时候，觉得上海真是个天堂，只要你有钱。还要有女朋友，不然那么多的法国梧桐就浪费了。

8

最后我们从陆家浜路到中山南路的时候，是老枪把我叫醒的。我们的身后是南浦大桥，我们沿着中山东路，看着旧的上海，对面是东方明珠，一个外地人到上海总要费尽周折去爬一下的东西。

我在上海很长时间，从没有到它的脚下看过，我甚至不觉得它宏伟。还有旁边的什么国际会展中心，从外滩看要多难看有多难看，就几个球堆在一起，碰上视力有问题的还以为那几个球是从东方明珠上掉下来的。

9

我们站在外滩的防汛墙边的时候正好是黄昏时分，老枪正为他付出的车费痛心，埋头苦算今天绕路打车的钱要写多少个字，计算结果是要写两千个字。

然后我们站在外滩，看着来往拥挤的人群，无数的人对我们说：让一让，正拍照呢。我们在外滩几乎找不到一个可以长久伫立的地方。

10

我们接着步行到纪念碑，这碑使人深深地体会到，上海没有雕塑了。我们走过无数相拥的情人，无数暗淡的路灯，无数江边的坐椅，最后看见一个类似杨浦大桥模型的东西，知道到了老枪最喜欢的地方——外白渡桥。多少年来我一直以为桥的那边就是浦东了，可是离开上海以后我才知道那桥下面的原来是苏州河。黄浦江在我脚下转了一个很夸张的弯。

11

老枪的保留节目就是在桥上沉思。说是沉思一下应该写些什么。每到这个时候我会觉得无比的滑稽和悲伤，觉得很多事就像老枪苦思冥想的文章，花去你无数的精力，最后你终于把它完成，而它却不是属于你的。

12

然后我们奢侈地打车回去。当时黄浦江上已经起雾，有汽笛在江面上响起。可是我们有任务，我们待在江边也只能无聊。回去的时候直接走的高架，比来的时候通畅多了，很快到达。当我们下车的时候，老枪说，应该省钱去买个车。这不是一个不现实的建议，因为按照老枪现在的报酬，写十年就可以了。当然，是个小奥拓，还不算牌照。

13

老枪回去以后就开始埋头写东西。这人写东西的时候极其认真，键盘啪啪作响数小时，不作休息。老枪用的是五笔，五笔的毛病就是如果碰上一个字给搁住了，那就完了，慢慢拆这字去吧。老枪刚来那会儿，听说被"凹凸"两个字给堵上了，堵了一天，又不愿切换成拼音，可以想象其万分痛苦。之后他给"段"堵住过，给"尴尬"堵住过，堵得很尴尬。无药可救的是，在每次堵住以后，老枪总是坚持不换拼音。我刚搬来的时候，就赞扬老枪这种不见黄河不死心的大无畏精神，觉得这才是个性，觉得老枪是个人才。

可是，遗憾的是，不是老枪真的一条道走到黑，只是他不知道还可以用拼音打东西。这厮用电脑，除了开机和存盘之外，其他一概不会。当我教会他怎么用拼音的时候，每逢有字打不出，老枪总是立马切到全拼，用得无比顺畅。

14

我们在这样的环境里为自己的未来努力。老枪为了有个车可以游荡在上海的大街小巷，每天看衡山路、巨鹿路、淮海路、南京路、金陵路、复兴路，可以在任何时间去外滩，所付出的代价是不能下车，只能在车上看，因为没有地方给老枪停车。能达到这一步的前提是老枪有车。估计到老枪有车的时候，就没有外滩了。因为科学家说，上海在以每年几厘米的速度沉向大海。

我们相信科学家叔叔说的话，因为我的梦想，一年级的时候是科学家。老枪的梦想，一年级的时候是做个工人，因为咱们工人有力量。到了老枪有力量的时候，知道工人的力量其实只是肌肉的力量，然后老枪也想去做个科学家，因为科学家的力量好像更加大一点，科学家可以造原子弹。悲哀的是，老枪研究得出，科学家造的原子弹，往往是往工业区扔的，于是，有力量的工人就消失成尘埃。

当后来的理想消灭前面的理想，而后来的理想也随着消失的时候，老枪感到这个世界完了。既然这样，不如让它完蛋得更加彻底，于是，老枪选择了文人。

15

当我们站在外滩时，我安慰老枪说，其实科学家不一定非要造原子弹，他可以做些其他有意义的事情，比如说，推测我们脚下的这块地方什么时候沉入大海，然后坐在实验室里，和我们一起沉入海水。

16

这一年冬天，我和老枪在街上吃面，热气腾空升起。我们看见路两边光秃秃的梧桐，还有冰冷的西方建筑，觉得应该去找个暖一点儿的地方住下，因为什么青春不应该这么受冻。十一月份，有人给我们住的地方搬来了两个取暖器，使我们无限感激，但问题在于，使用任何一个取暖器，这里的电线都无法承担。我们去看看保险丝，其实是去看看头发丝，老枪感叹说，上海人啊。

我们突然决定不能这样委屈自己，因为老枪的感叹除了一个"上海人"之外，最常用的就是，我还不到三十啊。从四年前感叹到现在，还是没有满三十，估计还能感叹几年。我们凑着身边的钱，决定去建国宾馆住一个晚上。那地方有二十四小时的暖气，有柔软的床。为了这个晚上，我们需要白写一万多字，还是能用的一万多字。

老枪对我的算法提出质疑，说，我们的钱就应该用在这个地方，这样才对得起我们的青春。他的看法是，一个男同志，到了三十，就没有青春了。什么青春在每个人的心中，什么只要心态好，永远是青春这样的屁话，都是一帮子过了青春的傻×说的，说得出这些酸得恶心的话的人，年纪一定和我们伟大的共和国差不多大。

我们交齐了一个晚上的钱，差点儿连押金也交不起。拿到钥匙的时候我们充满成就感。之后我住过无数的宾馆，但只把宾馆当做一个睡觉的地方，再也没有傻到用它去纪念些什么。宾馆，是一个你走过算过的地方，你睡的床无数人睡过，在上面抽烟的、喝酒的、做爱的，不计其数，然后铺好，等待下一个的光临。

我和老枪进入房间，洗个澡，看着下面的上海，感觉我们从没有站这么高过。

17

之后我们珍惜时光，因为我们要在第二天十二点以前从这里消失。老枪说要睡个好觉，甚至忘记喝酒。冰柜里倒是有酒给我们喝，可惜喝不起。黄昏老枪起床以后深情地看着里面的啤酒，仔细端详，说，妈的你怎么在这地方就这么贵呢！然后对我一挥手，说，去超市买酒去。

　　我们开了门，看见对面的门也同时打开，出来的人我似乎熟悉，像有些历史了。然后我看着她的背影向电梯走去，挽着一个男人，这男人的体形使我庆幸这里用的是三菱的电梯而不是国产的。这个女人我怀疑是陈小露，从走路的姿势和低头的瞬间。我们在小的时候分开，在学校的走道上擦身过去的时候，希望彼此永远不要见面。从我的初中、高中到大学，真的没有再见到过。结果竟是在这种地方碰见。我在想陈小露当时和我在一起的时候怎么就没有这么漂亮，头发就没有这么长，脸蛋就没这么会装饰，表情就没这么丰富。

　　结论是，因为过了很多时候了。

　　18

　　之后一年我们开过一个同学会，小学的同学聚集一堂，一个个容光焕发，都换家里最好的衣服出来了，手机估计十有八九是借的。借不到手机的，没有好衣服的，一概以各种各样千奇百怪的理由缺席。到场的有二十几个，纷纷感叹这几年混得多么不容易，但是最后还是混出来了。我在这些千奇百怪的人里面寻找铁牛，找了半天才想起铁牛死了有一段时间了，下一个任务就是找陈小露。找了半天不见踪影，于是到教室外面去抽个烟，途中有三个人向我敬烟，其中一个叫错我的名字。

等人走后，我手里有三支中华烟，想想自己抽三五好像寒酸了一点，于是走到学校外面那个烟摊上，向那个比我念书的时候看上去更老的老太买了一包中华。老太无比惊喜，说一赶上同学会就这中华烟好卖。我仔细看着这老太，奇怪地想，这么多年了，她居然还没有死。

然后我做了一件愚蠢的事情，哼哈了半天问老太，你还记得我吗？老太吓一跳，然后拼命点头，说，记得记得，你一直到我这儿买烟，老顾客了。

以上就是我第一次到老太这儿买烟的过程。

19

我走进教室，看见里面的人纷纷点头哈腰的，找到一个有空的，问：你看见陈小露了吗？我都忘了那人是谁，那人却记得我，不仅记得我，还记得我和陈小露的事情，于是大声说：陈小露去香港了。然后大帮人围过来，指点当年我不应该把陈小露追丢了，看她现在混得多好，都女强人了。

我问他们陈小露是什么时候去香港的。答案丰富多彩，但是有一点我肯定了，是在三年以前。所以我更加不明白那天在建国宾馆里看见的是谁。我得到了我要得到的东西以后就早退了。据说当天，由班长评选出的最有出息的两个人，一个是陈露，一个是陈小露，因为一个在澳大利亚，一个在香港，虽然都不知道干什么去了。

而我们在场的，都留在上海。

20

　　我和老枪看见那个女人从拐角消失时，老枪又发感叹，说，上海女人啊。

　　我说，改天，你也去傍大款啊。

　　老枪说，好建议。

　　我们坐另一部电梯去楼下，找超市去买东西。

21

　　大概几个月以后，我得知陈小露从香港回到上海，看望她的家人。那时快要过春节了，我打电话到陈小露父母住的地方，彼此寒暄一下，问她干什么去了，她说做生意去了。她肯定以为我是要向她借钱了，忙说，做得不好，亏了，还欠人家债呢。

　　然后陈小露的母亲叫她吃饭。一如小时候我打电话给她时的情景。

　　最后我问她，喂，陈小露啊，大概今年的十二月份不到一点的时候你在什么地方？

　　她先回答她妈说，哦，来了。然后对我说，在香港啊。

　　我说，是吗？那我在建国宾馆里看见一个和你很像的人。

　　陈小露笑笑，哦，是吗，真巧。我在香港弥敦道上也碰见过一个和你很像的人。

　　我说，哦。

　　然后陈小露急忙说，我要去吃饭了，以后大家保持联系。电话挂断。

这是我们最后一次联系。

22

我和老枪住在宾馆里，本来打算到半夜再睡，充分利用。可是我们在大约九点不到的时候就倒下了，理由是，妈的太舒服了。

23

第二天上午十一点，我们退房出来，在附近找了一个茶坊，坐了下来，因为里面暖。我们坐到黄昏的时候，发挥了惊人毅力。我们从徐家汇走到长宁区，路过一个漂亮的建筑，那是一排很整齐的房屋，说不出是什么建筑风格，老枪说，这是个好地方，以后要住在里面。

当我们走近它的时候，发现房子前面还有人站岗。我们不由感叹里面肯定是个好地方，有身份的人才住里面，要不弄这么警卫森严的浪费。再走近一点我们彻底地失望了，因为这房子是一个消防队的宿舍。

24

我们爬了四层的楼梯到了蜗居的地方。这是上海极度古老的房子，还是中国的设计师设计的，于是就可以想象是什么样子的。它的下面是一条小弄堂，里面无数的人过着悠闲的生活，旁边是一条不知叫什么的路，虽然我们每天经过。里面值钱的东西有两台如果装Windows 98打开要一天的破电脑，装着一个很早的三国游戏。四倍速的光驱装在我的机器上，用来看各种盗版片子。这光驱被我们训练得神通广大，因为常年读盗版片的缘故，这东西只认识盗版的碟。一回我和老枪搞到个正版的碟，结果半天没读出来。

另外我们还有一个手提的CD唱机。它从买来到现在好像从来没有休息过，除了换碟的时候。

我们这里有六七张CD，一张是齐秦的精选，老枪爱听的。据说，齐秦的歌适合在上海听，可问题是，我们住的地方是上海吗？一张是校园名谣，当初看见这CD，没犹豫就买了，因为里面第一首歌是老狼的，叫《昨天今天》。以为这整盘CD就是老狼叶蓓沈庆这帮家伙拼的，边付钱的时候还边赞叹盗版的东西就是好，能把不是一个唱片公司的人凑一起。回来仔细一看，里面就老狼三首歌，《昨天今天》《同桌的你》和《爱已成歌》。居然还有外婆的什么湾来着，老枪管那歌叫外婆的南泥湾。一张碟是披头士的精选，囊括了"Let It Be"、"Yesterday"、"Think For Yourself"等等等等，只缺一首《挪威的森林》，披头士的一辈子就在里面了。一张是肯尼基的萨克斯，里面一定有他的《回家》，这碟我听过无数次，好像吹来吹去就是那曲调。

老枪最爱听萨克斯，原因是，老枪想象那个人在吹那么大一个家伙时，肯定很痛苦。一张是一个叫文章的家伙唱的歌。在一九九九年以前，我们只知道文章能用来发表，没想到还能唱歌。

后来搞清楚，原来那家伙是专门翻唱别人东西的。因为他翻唱的歌里有很多我和老枪都十分喜欢，分开买太贵，正好有一家伙把那些歌唱一块去了，就买了下来，尽管声音差些。还有一张碟是属于老枪选购失误。那碟是在地铁站买的，当时广播里狂喊，列车马上就要进站，大家注意安全云云的，老枪一时心急，拿了一个达明一派的碟付了钱就跑，到了车上仔细端详，总感觉有些异样。大家研究很久，不得其解。最后老枪大叫，妈的，老子买了张VCD。

25

一般我们进门的时候是放披头士的歌的，第一首就是《让它去》。我们在《让它去》的音乐里开机，泡面，到《黄色潜水艇》的时候，老枪已经进入状态。

那时候他接手一个城市题材的小说，还没有决定要套谁的名字，所以写得很不确定。我在写个人感情隐私调查，得自己编百来个人的感情故事，从老到小。于是，有在抗战的时候一起抓到一个鬼子而相爱的，有插队落户的时候谈文学谈理想谈人生相爱的，有出个车祸被撞后爱上司机的，总之写得以后再遇上什么人都不算稀奇了。

26

整个披头士精选里，老枪最喜欢的是一首叫《当我们六十四》的歌，并且常常暗地计算自己离要唱这首歌还有多少年。当初他向我盛情推荐这歌，说，它会让你想起一些什么。我听到这歌前奏的时候就激动得不得了，老枪为我感觉到来之快而欣慰。扫兴的是，我激动的原因是这歌的前奏像我小时候打过的电子游戏里的一段背景音乐。

27

老枪这些时候所思考的一直是上海是个怎么样的地方。自他从河北来上海的时候就这么一个印象，是个大都市，灰蒙蒙的。至于灰蒙蒙，这点老枪应该在河北就有所体会，到上海的时候正好赶上梅雨季节，真是灰蒙蒙得一塌糊涂，差点儿连路都不认识。等梅雨过去了，还是灰蒙蒙的，老枪才恍然大悟，那是空气污染。然后是通宵有饭吃，通宵有舞跳。老枪一开始来那会儿，去一个吧里，看见在舞池里一帮子人头摇得要掉下来，凭仅有的药理知识，他料定那是吃了摇头丸的后果。事实是，吃了摇头丸的都在角落里颤抖，在上面摇头的，喝醉了而已。

28

在我们住宾馆出来的几天以后，老枪突然变得稀奇古怪，比如对着电脑屏幕傻笑，刷牙的时候唱歌，洗手间里一蹲就要半个钟头，打字打着打着突然乱拍键盘，然后极有耐心地把刚才乱打的东西删掉。半夜起床看上海夜景，想听CD的时候把VCD往CD机里面乱塞，看看读不出来，就把VCD拿出来，又忘了自己要干什么，呆原地想半天，终于恍然大悟，然后捧个电脑去看VCD了。

这样的迹象显示，老枪的初恋来临了。

老枪从前在河北一个很小的地方，恋爱不方便。因为在那种小地方，老枪不能随便去喜欢人，一旦喜欢，大家有意思，保证这辈子就只能娶这么一个了。农村和城市就这区别。我曾经暗自思量，老枪喜欢上海是不是因为在上海谈一个吹一个没人计较，也不会有个老太太追杀出来说：我的闺女已经和你约会过了你就得要定她了。结果老枪在上海这么久依然唱着单身情歌。

这次老枪的女人是一个初二的学生，我听说以后吓了一跳，想，好你小子，老牛吃嫩草。然后老枪掏出一张她的照片，是背面的，看上去很青春洋溢。于是又吓了一跳，想，好你小姑娘，嫩牛吃老草。

我问老枪怎么是背面的照片，老枪说，是偷拍的。

然后我问他们的关系，老枪说，打算最近和她说话。

这年代还真有柏拉图式的。

于是我很严肃，说，老枪，你还没有和她说话，就能在厕所里待半小时，你若和她说话了，我看你的床就搬那儿吧。

后来想想，正是因为没有说话，老枪才能在厕所里兴奋这么久。

29

此女孩为市区某一靠近我们住所的中学初二学生，中等的身高，很好的身材，很好的长相。喜好穿一蓝色风衣，骑一红色城市车，半长的头发，扎得很低，白色或者黑色的跑鞋，黑色的包，有时戴耳机骑车，一次差点儿给撞死以后，很少骑车戴耳机。

这是我们的观察结果。

是个人才。

30

老枪兴奋得像个中学生，天天念叨。此女生系老枪退酒瓶的时候发现的，所以近期老枪喝酒格外卖力。几个月前老枪喝的是白酒，然后换胃口改成啤酒，每天定时退瓶，退到第四十几天的时候，发现此女孩，然后发现每次只要老枪在，那个女孩总会深情地注视老枪一到两秒，激动使老枪仿佛重返校园，一听见四点半的铃声立刻退酒瓶去。

我一直提醒老枪，处理这种年纪比较小的孩子要千万注意，第一，她们不懂事，太天真，容易有自杀倾向。第二，出了什么事情，弄不好你老枪要以奸幼罪论处。

老枪的意思是，这个女孩子让他回到了以前，看见她就像看见自己那个年纪的时候在干什么。

我的意思是，老枪你别虚伪了，不就怀念一下自己年轻的时候在干什么吗!那干吗非要找个女的啊？找个男的不也能凭吊青春？不就人家长得漂亮嘛。

老枪说，不一样的。

我坚信这个问题甩出来，老枪肯定没有答案了。问题很简单，就是，有什么不一样的？

老枪的回答更加简单，不一样的，一个是男的，一个是女的。

31

老枪凭吊自己的青春大概三个礼拜，觉得熬不住了，要和她做更深层次的交流。我一向的观点是，初二的孩子，什么都不知道，什么都没有，除了一个叫青春的东西。他们知道什么是他们要的吗？青春，其实还轮不到他们。青春是什么，不就是青年人发春吗？而他们还是少年儿童。

然而，老枪依然抱着要交流的想法，并且私下觉得，这个孩子好像很有文学功底，看过很多东西，理由是，从她骑车的姿势里可以看出来。

在这个时期里，老枪写了一个校园的中篇、两个爱情故事、一些哲理散文。于是发现，写小说要有寄托，每一个人物都是在你的生活里生活过的。还要有一个给你凭吊自己失去了什么的东西。比如你失去过一个馒头，你就买一个放在你桌上，怀念自己不小心把当初的馒头掉地上的时候就格外逼真。所谓青春这个东西，不比馒头简单，所以要有一个很青春的人，每天在你眼前晃过，不要和你说话。因为她只是一个寄托，一个东西。和寄托说话，就什么感觉都毁了。好比你掉的馒头，某天突然开口对你说话，它就不是馒头了。

32

该女生一般很有时间概念，除非那天正好做值日。老枪一天的意义在于，起床，然后为自己的生计写东西，用写东西得来的维持生计的东西买酒，买酒为了能在退酒瓶的时候见上那个姑娘一面，然后愉快地上楼，在电脑前把产生的非分之想写下来，换维持生计的东西。

33

是年冬天，将近春节，老枪挤上上海往石家庄的1496次列车回老家。我则要去北京商谈一个电视剧的事情。

那个时候离春节大概还有十来天，我因为订票及时，所以有幸得到一个卧铺。老枪因为过分相信铁道部门的分流能力，估计连站着都有困难。而且老枪那车是绿皮车，很有历史，估计老枪他爸也坐过。老枪比我先离开，这小子到石家庄只要一块钱，过程是这样的，先花一块钱买一张站台票，搞得自己像要和谁依依惜别的样子，看见列车员不是很严格的，混上车再说，碰上严格的，就冲着人头济济的窗口瞎叫什么路上要小心啊你身子不好啦！要叫得引人注意，否则就白叫了。然后突然一拍大腿，摸出一瓶药，对列车员说：我老婆有身孕的，忘记带××牌什么药了，我得去给她。列车员看老枪老实巴交的，又听说他老婆有孕在身，顿时产生母性的怜悯，挥手放行。老枪混上火车以后，直奔前面的车厢。那个时候的车，和文革时候免费去北京见毛主席的车一个德行。老枪要挤在人群之中十几小时，晚上无法入睡，就看着一个一个灯火昏暗的小站过去。在到达大站停车的时候，被四周无法动弹的人群挤得浑身难受的老枪看见对面停的就是一辆橘红的带空调的软卧车厢，正向着上海驶去。

与此同时，老枪看中的女孩，可能正躺在温暖的床上，怀里抱着一个从初二到大学的不知名男子送的绒毛熊，沉沉睡去。

34

在午夜两三点的时候老枪晃晃悠悠地醒来，看见行李架上都睡了人，然后想象，如果给我一个空间，如同世面上见到的大的绒毛玩具这么大小的一块地，我他妈就能睡得很舒服了。

35

在K14上睡了一觉以后，醒来已经到了廊坊。过了一会儿，我就在伟大北京的火车站下车，在边上不远的地方吃了一顿麦当劳，然后拨电话到上次约好的人那里。那人态度热情，说马上到麦当劳见我。他的马上很有水平，我等了足足两个小时，那小子才缓缓赶到，说抱歉弄错地点了。

具体的活儿是一个青春偶像剧，什么都齐了，就缺个剧本，要怎么赚钱怎么写，一集给四千。当时我听到这话很诧异，一个电视剧，导演齐了，演员齐了，资金齐了，居然缺个剧本。

36

老枪回到家乡，看见自己以前的同学都有了孩子，很受刺激。

回来一直提起这事，说一个同学，一起玩大的，老枪出去那会儿还看见她被她妈追着打，回来一看，他妈的都做妈了。我对这事情的反应是，楼下学校里那孩子太小，不能做妈。

37

我在北京西单那里碰到原来的同学，这厮原先是初中的时候最笨的学生，看名字就知道这还是他们家族遗传的笨。他爹本来给他取的名字叫杨伟，当时还没有多少人知道阳痿是个什么东西，杨伟他爹后来觉得叫杨伟的人太多了，不方便称呼，就改了个名字。这本来是个好消息，但问题就是，改什么不好，偏只会沿袭以往风格，走真正字面意义上的修正主义，还以为改得很气派，叫杨大伟。

小时候和杨大伟说话，不用考虑要埋什么伏笔或者赋予话什么深刻的含义，该是什么意思就什么意思出去，你说我爱北京天安门他还能明白，你说我爱北京最有名的一个门那就没门了。我们在文化广场下面吃点东西。我回想起这厮原先在我们学校对面摆一个水果摊，做生意因为老少皆欺，又没有执照，加上一次卖出去一些柿子，买的人比他聪明不了多少，不知道什么东西不能掺一块吃，一口柿子一口螃蟹，结果吃进医院。倒霉的事情是那进医院的没有死掉，他爹是工商局一个大人物，于是第二天，杨大伟的摊子就消失不见。后来杨大伟去了北京，我们当时班主任的意见是，杨大伟将来不饿死那算是上帝怜悯他有个这么难听的名字了，如果杨大伟以后混出来了，我就买个柿子撞死。

然后这个当了一年班主任的老家伙第二年就死了，否则他还真的要去找柿子。

这年冬天站我面前的杨大伟生机勃勃。我们在文化广场下面吃了些东西，他就说，这地方没有情调，去三里屯吧。我当时对三里屯没有什么了解，在上海因为吃河豚中毒过一次，所以想象中三里屯该是个类似海鲜市场之类的。我到图书大厦边的小路上刚要打车，杨大伟说不需要了，然后拿出一个大得像鸡腿似的钥匙晃悠几下，说，我的车就停在几十米外。

我跟随他的鸡腿走到民航总局那儿，那本来是停机场巴士的，现在停着一辆白色富康。车能停到这地方，说明车主不是吃饱了撑的。我坐上杨大伟的车，在北京市游荡。

38

关于杨大伟的职业我一开始很好奇，后来搞明白原来就是个做鸭的，而要鸭的女人都特别有钱，因为要鸭说明思想解放，思想解放带来的后果就两种，特穷或特富。特穷的当然不可能要鸭。至于普通的劳动妇女，对鸭这个新兴职业显然知之甚少，跟她们提鸭，她们的第一反应就是红烧了好吃。

至于杨大伟为什么较一般的鸭有钱这很好解释，因为女同志很想知道，那个叫阳大痿的，到底是什么东西，妓男叫这名字也敢出来混，肯定不简单。

39

之后几次我去北京，都给杨大伟打个电话，他马上给我安排好客房。因为我对外宣称是记者，还是中国作家协会会员什么的，杨大伟给我安排的房间都在中国作协的宾馆，并且吩咐说，到时打车回去，千万别说是去作家协会，没人认识，这片是卖家具的，你就告诉他到建材大厦。

40

至于房间的钱我从没有掏过，有次我假惺惺地要掏钱给杨大伟，杨大伟一脸怒气说哥们之间谈钱干什么。杨大伟之所以如此善待我的原因是，在初中的时候，全班只有我没有嘲笑过他。事实是，那时我懒得理他。当我心怀感激地听他说哥们之间谈钱干什么的时候，心里还是想，谁是你哥们了。

41

春节以后老枪从河北回来，人给挤得瘦了一圈。之后老枪一提起火车就直冒冷汗，每次坐地铁听见"本次列车终点站上海火车站"就恨不得反方向坐莘庄去。每次要坐火车出去，都恨不得提前个把月订票。我们在上海碰头，老枪花了半个小时描述在火车上是怎么度过的，然后终于想起那姑娘，看过手表以后两眼一坠，说，完了，回家了。

过了足足十五个小时，老枪突然在床上大笑。笑完以后告诉我，看来离开学校这监狱已经很久了，都不记得了，现在监狱还放寒假。

42

在剩下的很多天里老枪急切地想见到那个初二的小妹妹。因为老枪忘记了她的模样。

许多人是这样的，先忘记一个人的模样，再忘记一个人的名字，这是对恋人的。对于朋友，顶多发生的是，看着A，脑子里想起B，然后叫，哎呀C君，好久不见。

一如在以后的某个时间里，我看着老枪，不知想起谁，叫道，哦，老刘，好久不见。

43

实在记不得一个人模样的时候，很多人只好挂念着这个人的名字。遗憾的是，老枪什么都没有。老枪在暗中给她设计过很多的名字，大多是属于那种委婉动听的，大概是写了琼瑶的东西给刺激的，连婉君都给用上了。老枪现在比较害怕去问那姑娘的名字，怕问出来失望，搞半天姓牛就完了，美好感觉得消失一半。

44

在学校开学以后的第一个礼拜，我们参加一个文人聚会。聚会在巨鹿路的一个酒吧里，在场二十人，全体胡扯瞎掰。一厮写过一个叫《动物园》的长篇小说，对外硬是宣称叫《动物庄园》，在场的作家们显然是没事儿一直去书店看书名的，都觉得《动物庄园》这名字耳熟能详，全上去敬酒了。还有一个以前是搞音乐的，立志要成为校园歌手，以后红过老狼，后来没有出路，实在要饿死了，终于去搞文学，第一个散文就是《怀念老狼》，正在吹牛写了一个叫《怀念狼》的。席间还有一个写《短恨歌》的，一个写《死不瞑目》的，一个写《霜冷长江》的，一个写《挪威的树林》的。正数着，突然醒来，接着放上《神秘园》，那是我们唯一的没有词的盘，然后呼呼大睡。早上我对老枪说，妈的我昨天晚上做了一个噩梦。老枪以为是我杀人放火了。

没事，就看见一堆作家，整整一堆。我说。

45

过几天我和老枪去南京办一些事情，结识一个自由作家。那家伙告诉我南京不一定是中国好作家最多的地方，但是穷作家最多的地方。这句话在那小子身上就可以验证。此人名字叫一凡，本来在一个公司里干活，一时头脑发热，辞去所有工作成为自由写作者。当然这是经过很大的搏斗的，主要包括同自己的精神搏斗和对老婆的肉体搏斗。

一凡的老婆原来是街上给人洗头的，给客人洗一个头十元，和老板四六分成。一凡去洗时邂逅这位女子，由于当天回家后不慎观看《魂断蓝桥》，受到启发，过三天就将此女娶回家。这件事情是他认为做得最有艺术家气质的事情。不料结婚不到一个月，除了艾滋病外一凡基本上什么样的性病都得过了，可谓对各类疾病大开眼界。

这个女人除了上床以外其他的事情一概不予理会。有几次房事不小心改不了习惯，一凡起床去洗手间，只听那女人条件反射地大叫：哎，别跑，还没给钱呢。

其实这些都不是最大的不幸，最大的不幸是一凡娶此洗头女后，依然得自己洗头。

46

我们在这个古都做长达六天的停留，在此六天里一凡带领我们出没各种学校踢球。此公原来是少体校毕业，一百米跑十二秒，脚出奇的长，令人惋惜怎么不是一个女的。一凡最大爱好就是踢球，本来在少体校就是踢球的，后来一凡的妈觉得踢球没有前途，逼迫一凡去搞电脑，并且私截下一个并不有名的足球俱乐部的邀请。一凡的老母觉得此事做得极端正确，可以帮助一凡找一份更好的工作，赚取更多的人民币，讨个更漂亮的老婆。

事实是一切与之相反。一凡在一九九三年从事电脑推销，谁知此时人们不了解电脑是个什么东西，觉得花七八千元购买一个黑白电视机极其不值。一凡本人对电脑也是非常不喜欢，当时的机器只能做简单的文字处理，买来毫无乐趣，于是索性不干。谁知几年以后电脑流行，以前的朋友顿时咸鱼翻身，几个做软件设计的更是如同鲸鱼翻身，动作大得不得了，买房子买车子买老婆。

此后一凡去中学当体育老师。

说起体育老师，我不由想起一些以前的事情。

47

我一向觉得中学体育老师是个很幸福的职业，尤其是我所在的中学。在我念初中的时候，上面几届的学生告诉我们，体育老师叫野狼，此外号显得此人尤其剽悍，到现场一看，原来是个瘦弱男子，平时升旗让人难以辨别他和旗杆哪个更瘦。到后来我们才搞清楚，原来所谓野狼，也就是色狼的意思。

我的初中曾经出过一起体育老师诱奸少女案，偏偏此少女姿色一流，是一个高中学生的女朋友，那高中生的父亲是法院一个大官，自己主业贪污，顺便给贪污之人定刑。一次这个高中生约自己的女朋友到家里，用尽毕生的调情功夫，终于骗得她上床。下床以后，趁自己女友收拾之际，拼命寻觅床上何处有血迹，结果搜寻工作失败，便恼羞成怒，用刀威胁逼问女朋友还和谁干过。这个女学生看见刀吓得马上把自己体育老师抖了出来，于是两天以后这个外号叫"狼"的体育老师的尸体浮上水面。

这件事情是我所经历过的闹得最大的一件事情，那个时候来了很多记者，学校领导一个不见，仿佛每个都是大牌人物。事实是他们的确是大牌人物，一些记者差点儿也和"狼"一起火化。热闹了一个月，每天都有新闻传出，先是那女生自杀，由于使用的是劣质丝袜，所以没能死去，倒是她奶奶看见孙女脖子里挂着丝袜掉在地上一动不动，吓得发心脏病死了。然后是记者被殴打，照相机被砸。据说是学校方面派出的打手，可见学校里为什么这么多流氓而不能灭掉，原来搞半天，有的学校领导就是流氓。

一个月以后事情平息，一切如同未曾发生，死去的人马上有人代替，他就是我们的"野狼"。

野狼的好色比起他的前辈有过之而无不及。此君使用的好色手段和一切体育老师是一样的，比如在天热的时候让学生做俯卧撑做得特别勤快，而自己牢牢占据班级最丰满或者最美丽的女同学的前一米位置，眼神飘忽，心怀叵测。并且时常会在这个时候鞋带松掉，然后一系就是三分钟，或者索性搬一个凳子过来，坐下来慢慢观赏。

此公手段之二就是冬天大家穿衣服比较多的时候，上来就让学生跑五圈，等大家气喘吁吁跑完以后，眯起眼睛，满怀慈爱，说，同学们，在冬天的时候，大家身上出汗了如果没有排出去的话很容易引起感冒，所以给大家三分钟时间去脱衣服。天哪，三分钟，那得脱多少衣服啊。

冬天的时候女学生一般在里面穿羊毛衫，比较紧身，身材一目了然。此人在这个时候立即对这些女生做出分析处理，然后储存一些比较丰满的学生的资料，等待夏天来临。

还有就是让女学生做力量训练，比如哑铃之类，通常不会给女生一下子就能举起来的那种分量，得要往上面加几斤，然后在角落里观察哪个漂亮女生举不起来，就马上出现在她们身后，身体紧贴，从背后抄手过去，紧紧握住那些美丽姑娘的手，并且是两只手全部握住，丝毫不留情面，然后动用臀部肌肉，往上前方一顶，顺势举起哑铃，如此动作，不计其数，慢慢重复。

事完以后，那帮漂亮的姑娘对色狼说：谢谢老师。

此招因为有身体接触，所以深为某些体育老师所喜欢，哑铃给偷掉几个立即自己掏钱购买，体操房漏水立即冒雨抢修，年终再因为这个被评为劳动模范。

我们的野狼老师刚到学校就去体操房溜一圈，然后自己买了几个扩胸拉力器，以完备行色工具。于是每到体育课，在角落里拉那东西的肯定是美女。野狼美其名曰：强化训练。

当时我有一个朋友叫大奔，此人的女朋友是班花，属于野狼重点窥视对象。一次体育课上，在野狼抱住班花的时候，大奔操一哑铃向野狼砸去，旁边女生惊叫，野狼反应机敏，估计此类情况以前发生很多次，于是头一侧，那哑铃砸得野狼肩膀脱臼，进医院一个礼拜，后来急匆匆地出院。大奔被学校记过，大奔的父亲一天以后开了辆奔驰过来，利索地给大奔转了学。

从此大奔和那班花一直不曾见面。哑铃砸下去后，那班花吓得面无血色，然后冲大奔叫，呀，你疯了，心眼这么小。然后大奔一扔哑铃，加强武器的杀伤力，抄一杠铃冲过去，不幸被其他赶来的体育老师抱住。

当时女朋友没给体育老师抱的，长大后的梦想是当个体育老师；给抱了的，梦想是当个校长，能灭了体育老师。

48

我将此事告诉一凡，一凡大笑不止，说，完了，如果以后再当体育老师，再不给男生哑铃杠铃练了。

49

　　现在我们继续一凡的身世。一凡当了三个月的体育老师，觉得
太闲。在泡妞方便上倒是没有感触，然后此人当体育记者一年。好
几次看球赛差点儿自己憋不住跑场上去。一天一凡去看球，消息说
会推出几名新球员，于是一凡架好相机，用长焦瞄准球员出口，巴
望能生动地拍下新生力量的模样。那两个新球员上场，一凡当场厥
倒，差点儿镜头都掉地上，原来那几个新生力量是以前少体校的球
员，和自己一起踢过球，其中一个在那场比赛里连进三球一举成名
的家伙以前还是一凡所在那个位置的替补。
　　比赛结束以后一凡上去采访，和那连进三球的家伙互相拥抱，
都问彼此最近干什么去了，其他体育记者眼红得要死。然后一凡问
他，你一个月的工资多少。那家伙说，我是个新球员，刚从二队选
拔上来，一个月大概也就五六千吧。
　　听到此话一凡十分欣慰，想好歹跟老子差不了多少。
　　一个半月以后，此球员累计进球到了八个，成为赛场新秀，一
凡亲切地去采访。那家伙说，反正十分钟以后有记者招待会呢，你
到时再来吧。一凡说，我想要点儿独家的东西啊。那家伙说，别，
所谓独家的东西都是球员的隐私啊，隐私怎么好随便乱说啊？然后
就进休息室了。
　　一凡受到很大刺激，想你小子牛什么啊，当年你他妈还穿我的袜
子来着。你隐私个屁啊，你追过谁我他妈都能给你一个一个数上来。

第二天一凡就辞职不干，赋闲家中两年，靠看英超联赛写些小情小调的东西打发日子。然后在一九九九年的时候，突发奇想，凭自己的积蓄和父母的积蓄，凑齐二十万，杀入股市。此人可谓是股市里最慵懒人士，这些钱都是用来等待抽签中新股。然后一个新股上市可以赚取一万来元。当时半年内抽中三个新股，赚得三万余元，日常花销足够。

半年以后，此君去一个网站工作，做一个版面的总监，日夜辛劳，工资不菲，一个月能有近万块钱，可惜做了一个月以后觉得太忙。这是前面两年看英超留下的症状，工作时常常想念看比赛，左手啤酒右手牛肉干的，于是发现在这个世界上最能达成他这个愿望的职业是当一个作家。可惜此人还未成家，就慌忙辞职，回家看英超。看了半年，积蓄用光，又失误到娶一洗头女回家，便与家中不和。没有了后盾，只好靠平时写些小东西投稿，换点儿小稿费，一个月写足了才五百来块钱，生活穷困潦倒，手机常年关闭。我和老枪去的时候，正值此君万分拮据的时候，经过朋友介绍，在街上的一个馄饨摊认识。

50

我们天天晚上去南京郊区厮混，那地方一片漆黑，还有几个小山和台阶。听一凡介绍，说是那儿情侣出没无常，走路不小心都能踩着几具。我们哈哈大笑，并不信以为真。

结果那天老枪真就踩到一具，吓得老枪差点儿报警。可能是那对情侣刚完事，趴那儿一动不动，听到远处脚步声，更加不敢发出动静，想人生的路有无数条，那几个小子也不一定非要走到我这儿吧。结果还是不幸被老枪一脚踩到，准确无误。

那小子被踩到以后直骂，妈的没长眼睛啊？走路怎么不看脚下有没有人啊？真他妈活得没有事情干了！

这小子的每句话就像老枪那一脚一样准确无误。

51

当天我们去了南京的一个小酒吧，那里有无限畅饮，每人十五元钱，就可以喝到你滚倒。当然喝的啤酒不会是好啤酒，而且黄得异常。我们的位置坐落在厕所边上，不由提心吊胆，再看看里面的店员，一个个有气无力，欲死不能，神态诡异。

老枪建议说，我们要找个什么方式先出名然后赚钱然后买三辆跑车去沪宁高速公路上面飙车去。

一凡过了两个月的穷日子，不由万念俱灰，说，还跑车啊？是不是那种前面一个人在拖，后面的人坐的那种车啊？旧上海不就有，还是敞篷跑车。

老枪被嘲弄以后降低要求，说，有辆桑塔纳就心满意足了，哪怕是普通型的。

我说，桑塔纳啊，没听说过，什么地方出的？

老枪被呛了，不由激情消退，半天才说，那车的出处啊，伤害大众。

于是我们向着有一辆伤害大众的桑塔纳的目标迈进。

52

那天无限畅饮完毕以后，我们去一个地下的录像厅看电影。一凡介绍说，这是南京一些很有性格的地下导演搞的，他们是戏剧学校毕业的，因为过分前卫，所以片子不能通过审查，所以就没有名气，所以就躲在地下。

一凡的话让我们觉得，这个看录像的地方应该在地下比较深的地方。没有想到，一凡带领我们到一条小弄堂里面，然后往天上一指，说，上去。

我和老枪往上看，在一个很破的楼的三层，灯火通明。此灯绝不是等闲之灯，照得整条弄堂带着光明。一凡觉得这就是象征那些导演的力量，光明普照大地，在这黑暗的地方。

53

我们走过破旧的楼梯，那梯子是用铁烧的，显然是导演考虑到来他这看东西的人都比较穷苦，胖不了，为节省起见，就用铁叫人烧了一个。来个局长大家就都完了。

在那几十平方的大房子里，放一个34英寸的国产彩电，不打几下不出影像，还属于半自动的那范畴里。然后边上是俩音响，牌子我从来没有见过，我和老枪怀疑是世界顶级的东西，类似法拉利F50那种东西，得去定做才能有。

一凡一拍那家伙，说，法拉利，拉你个头。这东西就我妈厂里做的，两个音响加一个低音炮，两个环绕，一个中置，一个功放，你猜多少？说着突然蹿出一只手，张开五个手指，说，五百。

那个身价五百的东西先是在放伍佰的《挪威的森林》，果然是两者相配，音质绝佳。我和老枪拍一凡的肩膀说，你妈好手艺。伍佰的音乐属于那种比较吵闹的像是破痰盂旧脸盆都在敲的东西，所以反正噼里啪啦的没听出什么来。然后是张洪量的一首叫《整个给你》的歌，此歌极其像黄色歌曲。老枪对张洪量声音的评价是，纵欲过度的嗓子唱出来的，听得我和一凡十分惊叹，好家伙，光听声音就能听出那人纵欲过度。然后我们问老枪：你小子怎么听出来的啊？

这时，张洪量唱道，我整个给你，我那个给你。

54

为了防止街道大妈这样闲杂人等的检查，先放了一个港台的片子。此时已经到了十来号人，一个个都披头散发，神情似鬼，嘴里叼烟，目中无光。我突然觉得恐怖，于是想起念书的时候一个老家伙说的话。当时正上语文课，那老家伙没收了一本所谓新生代的人写的东西，此人想必一直看那些书，我看见他的嘴脸就可以想象出情节。

老家伙没收那书以后，估计会占为己有，然后好好研究。但是，作为一个老师，不得不装模作样地说：

同学们，老师活了半个多世纪了，最后想告诉大家，一个人，在社会上，可以活得堕落，可以活得自私，可以活得放纵，就是不可以活得麻木。

此人说此话时神采飞扬，还把手里的书扬了扬。此话出自他口虽然虚伪，却是我们迄今为止听到的从这老家伙嘴里冒出来最让人感动的话。这话曾经使我相当一段时间里勤俭节约，不抽烟不喝酒，积极向上。

老家伙说这话的时候莫名其妙加了一个"最后"，使这话蒙上了一种伟大人士临死遗言的气息。结果老家伙的最后变成现实，第二天上班的时候横穿马路被卡车撞死。我们的学校对此表现出兴奋，因为又多了一个教育学生不要乱穿马路的例子，而且极具说服力。

我们班级也为此兴奋良久，想这老家伙终于死了。然后是班会上，校长强调：我们每个人，在离开自己母校的时候，应该充满感情，见到自己老师的时候，应该充满尊敬。

55

首先放的是一个叫《疾速传说2》的片子，是讲飙车的。开场的女主角十分漂亮，表演到位，声音甜美——或者说是配音甜美。此人讲话的腔调使我想起我以前一个女朋友，这个女的讲话非常缓慢，自成一格，如果闲来无事，听她说话如同音乐绕梁，全身舒爽，倘若赶时间有急事，恨不能用枪顶着她叫她说快点儿。最后电影里的女人死于翻车，她死去的时候，我借故去了次洗手间，想起以前的一些事情，想象此女现在正坐在谁的车里，用那样的语气说话，此司机必然容易出交通事故。然后很小资情调地叹了几口气，回到播映大厅，翻车死掉的女人的尸体正从车里拖出，我在想，如果真是那样，就可惜了那样的美貌、那样的声音。

然后是张柏芝出场。张柏芝的表演显然做作，声音难听——或者配音难听。先前张柏芝出道的时候，我们都对她抱有好感，后来听说这个女人觉得自己名字难听，听着像张白痴，所以想改名字。

对此我和老枪很是赞同。结果张柏芝说希望能改成张发财、张有钱的时候，我和老枪同时昏厥，对这人的好感顿时消灭，觉得这女人还是叫张白痴好。

后来我们意识到改这个名字最适合她不过了，因为她有钱，她发财。

56

这片子让我们对速度重新燃起欲望。在几年以前，我特别喜欢飙车，并且买了一辆YAMAHA V2的两冲程摩托车跑车。此车性能优异，在公路上开的时候其爽无比，那些桑塔纳根本不是对手，六个前进挡，在市区按照转速表红区换挡的原则开，基本上连换两挡的机会都很少，使我这种以前开惯50CC轻骑的人一时难以适应。

在我开轻骑的时候，我对那车说，你快点。然后换了那250CC以后，心里直叫慢点慢点。在中国开这车，超越一切车辆没有问题，而且声音清脆。为这车我倾其所有，觉得物有所值，因为它超越了一切。

我们当初和一群青年飙车的时候，觉得只有高速让人清醒。当时我们初涉文坛，读了很多废品，包括无数名著，神情恍惚，心里常常思考诸如"我为什么要活着"、"人生的意义是什么"一类的问题，思考得一片颓废，除了街头的烟贩子看见我们顿时精神抖擞以外，其他人看见我们都面露厌恶。我们当时觉得我们的世界完蛋了。哲学的东西看多了就是这德行，没办法。在后期我们开始觉得这个世界虚幻，其实是因为没有什么事情可以做，睡多了自然虚幻。一个人在床上的时间多了，必然觉得这个世界不真实，妓女也是一个性质的。我们像妓女一样地生活，有事没事离不开床。在上面看天花板，觉得妈的这个世界完了，我们完了，人类完了。至于为什么完了，答案是，不知道。

后来我们都买了小轻骑，让自己可以在比较远的范围内活动。当初我们的感觉是，妈的这家伙真快，能开每小时五十公里。世界真美好，能有路，人类真美好，能造出轻骑，我们真美好，能在路上开轻骑。

换上雅马哈以后这样的感觉尤其强烈，使我一度神采奕奕，容光焕发，回光返照。

如果你体会到，你坐在一个有很大马力的机器上，用每小时超过一百八十公里的速度飞驰，稍微有什么闪失，你就和你花了大价钱的大马力机器告别了，从此以后再也不能体验超过桑塔纳的感觉，再也不能吃到美味的椒盐排骨，再也不能看见刺激的美国大片，再也不能打听以前的朋友现在在干什么，你就会觉得这个世界无比真实，真实得可怕，真实得只要路上有一块小的砖头就会一切消失，你就会集中精神，紧握车把，看清来车，小心避让，直到静止。

有一次，我以七十公里的时速转弯的时候，果真压到一块砖头，车子顿时失控，还好车速不快，又逢农民大丰收，我飞到路边的一个柴垛上，居然丝毫不伤，但是车子滑向路中，又正好开来一辆集卡。这集卡是我刚才就超过了的，那司机还和我并了一段时间，我没有工夫和那么次的车磨蹭，故意并排了十几秒以后马上蹿到集卡前面去了。那司机肯定记恨在心，又恰巧看见我的车滑在路当中，于是此卑鄙小人集中精神，小心翼翼地打方向，瞄准我的车碾了过去。顿时我的雅马哈报废。

你比它快，可是你会失误，你失误的时候，就得看谁重了。车毁了以后我无比憎恨这类大车，发誓以后要开辆坦克和此类晚上交会从来不打近光的卑鄙大车好好撞一回。

在我的爱车报废以前，只有一辆车把我的车给超了，我用尽力气，还是被那车甩得无影无踪，连并排的机会都没有，是一辆叫三菱的跑车。若干年后，我开着这种车穿过上海，才知道这是一种叫3000GT的跑车，我开的是VR4，双涡轮增压，320匹马力。在一段时间里，它成为我的梦想，当梦想实现，我又发现我的梦想太重——我的意思是车太重，有一千八百公斤，是辆笨重的跑车。仅此而已。

57

在看完《疾速传说2》以后，那地下导演安排的第二个片子叫《爱你九周半》。此片是一个美国片，美国人拍的东西，不上床就难受，导演总会觉得好像还缺了什么。此片果然色情，看得在座的一片沉默。可惜看到一半电视机不出图像，我们只听见里面的声音，不由浮想联翩，心神荡漾。终于有一人按捺不住，上前对着电视机就是一拳，这机器顿时大放光明，一切正常。因为这是一个VCD的片子，而它的下集被那地下导演遗失，所以大家只能欣赏上集。在经过两个半小时的等待之后，终于放映此导演的大片，叫《什么是人性》。在此之前，这导演从来没有露面，就在放这片子的时候出现一次，其形象让我们大吃一惊。原来这人肥头大耳，肚子凸起如同那国产电视机，双腿粗壮如同那两只音箱，屁股大如功放，与此套器械可谓达到了人机合一，使人惊异此人是如何做到从那梯子上来而梯子不塌的。

在我的印象里，凡是生活穷苦的人物，形态都应该对得起自己的收入。于是问老枪，这人是如何做到在穷困的条件下让自己的肚子那么大的。

老枪的回答是，因为国产啤酒是比较便宜的。

58

导演折腾完机器就消失了，是为了让我们更好地观赏片子。我相信假使是一个好片子，导演坐你身边就没有趣味了，就好像一个姑娘是个美女，但身边矗立她的老母，就感觉别扭了。

我们热切地等待这部叫做《什么是人性》的电影。里面很多演员都是临时凑的，只要傻×似的伫立在镜头前面，用永远不变的神情，嘟哝一些台词就可以了。

导演的镜头很考究，整个片子看完了却没弄明白讲什么。

59

以后的事情改变了我们的生活，我的，老枪的，这穷胖导演的，一凡的。两年以后，老枪开一国产帕萨特，悠然穿梭在上海的晚上，观赏外滩风景。因为还是伤害大众出的车子，所以偶然一次伤害过大众，就是兜倒一个上街的老奶奶，其他时间，安然无恙。此车二十五万。

一凡最为夸张，开一辆奥迪TT的跑车，价值七十万，不能随便出车门，否则会遭人围观，索要签名。这车实在太猛，一次在高速公路上翻车，接近报废，结果一凡与我上次一样，连擦破皮的地方都找不到。第二天，一凡在高速公路上翻车的事情出现在全国各大报纸的重要版面。

胖导演开一辆北京吉普，叫切诺基，此车毫不怯懦，四升的排量，有一个其大无比的油表。加上百公里二十升的耗油，让人一辈子不忘记加油。这人刚刚考出驾照，所以小摩擦不计其数，车身上满是撞击痕迹，满街乱掉防撞杆。

60

我们几个是在一起搞电视剧。但是你首先要搞清楚看电视剧的都是些什么人，据一个调查说，看电视剧的家伙都是月收入在两千块钱以下、四十岁以上的家庭妇女。为什么电视剧现在有很多批评，因为这些女人很厉害，掌握着遥控器，恰好如果丈夫是评论家的话，因为看不成球，往往恼羞成怒，后果就是电视剧口碑不好。这是乐观的想法，一度指引我们前进。

61

那一年的开春，老枪认识了北京一个搞电视的公司，该公司刚刚成立，钱多得没有地方花，又知道老枪瞎掰的本事，决定将我和老枪作为大有前途的电视剧本写手来培养，说要搞一个轰动全国的电视剧，剧本上决定花一百万，由三个人合作写，就算钱亏了也没关系，重要的是打出他们公司的品牌。

这句"钱亏了也没关系"使我和老枪信心大增，在给老板赔钱的时候自己又能赚钱，是件很美的事情。

另外一个写手是有一定写电视剧本经验的，此人干瘦无比，像从埃及古墓里爬出来的，喜欢抽烟，但比较没品，掏出来的都是红双喜。据说此人以前当过足球裁判，一次在掏红牌的时候突然发现红牌掉了，遂掏出红双喜烟壳扬扬，将人罚下场，于是对红双喜产生感情，抽了很多年。这具干尸从不让别人叫他中文名，估计是姓牛或是姓朱之类的，此人英文名和国际影星的一模一样，叫汤姆·磕螺蛳。我们开始叫得很不习惯，以后索性叫他磕螺蛳，此人痛恨自己的中文名字，连自己妈都难逃厄运，不被允许叫儿子的中文名，于是每次看见儿子都开心地唤道：回来啦，汤姆·脱裤子。

62

我们称之为怪癖，而且一度为自己是正常的而高兴。后来发现，其实我们每个人都有怪癖，磕螺蛳是属于比较勇敢的，肯将自己的怪癖向世人展示。我们的朋友当中，有看见人就喜欢给人算命的；有吃饭前喜欢上厕所的；有洗完手喜欢摸头发的；有开车不喜欢换挡的；有坐车绑了安全带会晕的；有刷牙只刷十来秒的；有洗脚不脱袜子并且对外宣称这样做的好处是顺便连袜子都一起洗了的；有一直骑在自己的自行车上找自行车的；有因为看电视到紧张的时候一口气不出差点儿憋死送医院三次的；有写了一段话就喜欢加一个逗号的，等等。

63

磕螺蛳三十多岁，没有结婚，最近的一个女朋友是大学生，因为嫌弃磕螺蛳崇洋媚外而分手。分手的时候很严肃地对磕螺蛳说，你知道，我最恨假洋鬼子了，你的虚伪让我觉得很不自在，我们都是中国人，我的男朋友也应该是一个真正的中国人。妈的，多爱国的女孩子啊。

三年以后，这个只爱中国人的女人，远走加拿大，嫁给了真洋鬼子。

64

北京的烧钱公司给我们安排了三间宾馆双人房，时间为四个月，所有开销都记在那公司账上，只是事先签好卖身契。无论怎样，十天以后，要有六个剧情大纲放在他们的面前，然后挑选其中的一个，三个人在三个月里把它磨出来。

65

这个地方位于北京海淀，属于文化气息浓厚的地方，因为书多。书多不可否认，可大多是教辅书。这个地方是全国有名的迫害学生的源头，每年有不计其数的教辅书从此地诞生，然后将一种据说是"知识"的东西通过火车运往全国各地。

66

当时我是第一次搞电视剧这东西，能入选的原因是老枪的竭力吹牛，说我如何厉害，编起故事来三天三夜收不住，人不死光不罢手。因为以前没有写电视剧的经验，所以更加没有束缚，非常感性，犹如扑面而来的一阵什么来着，让人耳目一新。这帮傻×果然相信，并且装出求贤若渴的样子，说，我们的目的就是发现新人，这个世界本来就是年轻人的天下，我们相信有很多有才华的人，我们公司的职责就是挖掘他们，培养他们。语气虚伪得一塌糊涂，差点儿最后把"榨光他们"这样的真话说出来。

67

我们三人都没有灵感，于是一起在晚上吃喝玩乐，北京的三里屯土里土气，酒吧门口通常有一个像打劫的会拦住你，差点儿给你唱"走过路过不要错过"，让人兴致一扫而空。路边站的都是昼伏夜出质量不达标的鸡，从路口望三里屯，你会感叹，果然是三里臀。

68

我们三人丝毫没有头绪，在北京的夜色里游荡。老枪总是会灵光一现，说，等等，等等，我有感觉了，快要出来了！然后直奔厕所。此人对生活越来越乐观，语言越来越幽默，看得出他对未来的生活预料到了什么。

磕螺蛳常常回忆一个女孩子，此人与磕螺蛳只见过一次，是在西单一个商场里擦肩过去。这时老枪肯定闷在角落里想他的那个初二女孩子。

69

我一直觉得我们每个人的内心深处都有一个脸谱，你一直在等待遇见一个人，此人能让你锥心难过或者无比快乐。她此刻可能就在离你不远的地方，你可能因为系了一次鞋带而失去和她遇见的机会，然后一辈子不再遇见。所谓花心的人，其实尤其专一，他从每个不同的交往着的女孩子身上找出与自己内心需要的姑娘相似的地方去拼、去比。一旦有一天遇见这样的人，他就会抛弃一切姑娘。至于怎么区别是不是，这个很简单，如果你实在感觉迟钝，就只能这样形容，当你看着此人的时候，你只想拥抱，而不想上床。舅妈奶奶之类的除外。

70

这年北京的所有可以玩乐的场所被我们悉数游遍。磕螺蛳这个人比较无味，除了会唱一曲《大约在冬季》外，其他一无是处。况且每次唱歌的时候，他总是很做作地站到台上，对着话筒咳嗽几下，好让全场都知道他要唱歌了，然后在音乐响起的时候，深情地对着下面一大片人说，朋友们，下面我给大家演唱一首——大爷在冬季，这首歌是我很喜欢的一首歌，它对我有非凡的意义，希望大家一样能喜欢。

磕螺蛳说这些话的时候时机常常掌握失误，一般的情况是，他说完这些话的时候，音乐已经响到第三句了。

这些话磕螺蛳每次必说，哪怕就是同我和老枪在包房里唱歌的时候也不曾忘记。这使得我们暗地里怀疑平时没事他一个人唱歌时是否也冲着电视机柜说：柜子们，下面我给大家……

我和老枪觉得，这首歌肯定给他带来过刺激，比如说，他的初恋女友在抛弃他而去的时候，来接她的男人就是唱着这歌的。

71

我白天窝在宾馆里写东西，晚上四处游走，对北京这个城市没有丝毫的兴趣，比方说长城、天安门、故宫什么什么的。我从小就听人说，伟大的长城，壮观的故宫等等等等，可当我在北京留了个把月的时候却发现我已经对这些东西失去像小时候那样的激情。一直到有一天，我觉得要对得起自己童年的梦想，科学家是不能实现了，长城还是要去看一看的。于是在一天晚上吃完饭大约八点，在木樨地附近拦下一辆出租车，对司机说，长城。然后心里想大概来回的车费得花三四十块左右。不想那司机吓得差点儿一巴掌挂在倒挡里，然后看着我说，您干什么的，这么晚要去长城？

那天正好我心情有些郁闷，不由大声说，跑长城怎么着，你们开车的还要管啊？我又不是去中南海，怎么着，你跑不跑？！

那人说，跑，不过您是要打表还是咱先谈好价钱？

我一听觉得事情有些复杂，忙说，一般是收多少钱？

那人说，两百。

我马上问他长城的具体方位在什么地方，等弄明白怎么回事以后终于意识到，这个我儿时的梦想将永远不能成为现实。然后飞一般地下车，只听司机在里面骂傻×。回到住的地方跟磕螺蛳一讲，磕螺蛳哈哈大笑，然后对我说，傻×。

72

自从上次长城的事情发生以后，我再也没有小看过北京，出门打车前必仔细研究版图。可惜我们出门的机会越来越少，因为电视剧大纲早已经通过，需要我们三人齐心协力在一个多月的时间里生产出四十万个字。这部剧的主要内容是这样的：

有一个女人爱上一个比自己小的男人，而比那个女人岁数小的男人并不喜欢比自己岁数大的女人。女人千方百计讨好那个男人而那个男人喜欢的另外一个女人不喜欢这个男人而喜欢上一个比自己岁数小的男人而被第一个女人喜欢的男人是一个事业有成的男人。而那个被自己喜欢的女人而喜欢的那个比自己喜欢的女人岁数小的男人只不过是一个混混。于是那个男人就让那个喜欢自己的女人接近想弄明白为什么女人会喜欢这样的男人，希望可以挽回和自己喜欢的女人的缘分。正当剧情发展到连编剧都要搞不清楚的时候，突然出现一个男人要和第一个男人抢那喜欢第一个男人的女人，那个男人不喜欢这个女人只喜欢那个女人，但是突然发现原来自己也对自己原来不喜欢的女人有了好感，而那个混混男人因为和喜欢第一个男人的女人出现了一些矛盾而分手。于是这个女人就很想回到原来的男人身边，而突然出现的男人就在里面挑拨关系使那个女人又和那个男人原来不喜欢而现在喜欢的女人产生了矛盾。可是那个混混男人要报复那个女人，所以就要报复那个男人就和那个突然出现的男人一起抢那个女人。于是那个女人看着三个男人不知道要挑哪个男人。

　　故事脱去了背景家庭等等东西以后就是这些，制片方看过了类似上面的介绍以后顿时觉得这个东西构思宏伟，但在纸上列了半天公式还是搞不明白这些人的关系，又隐约觉得这样的东西拍出来一定会比较受欢迎，马上拖来一个专家评估组，那些专家有一定的岁数，没看得当场中风已经很不容易，最后得出的结论是，这个东西可俗可雅，可拍可不拍，通过未必好不通过又未必说明不好等等的，话倒是每一句都是正确的，可惜每一句都是没用的。这使得制片最后也失去方向，跟我们说，我不管你们最后怎么写，差不多这样就可以了，总之要写得收视率高，影响大，最主要是能赚钱，不要通不过审查，你也知道现在审查电影电视的是一些怎么样的人，不要显示得好像你比他们聪明，因为没有必要，这个众所周知。

我们三人立即做出反应，连连说好。

此人临走之前，留下一句名言：你们给记住了，二十岁以下的人不准接吻。这句话的意思是，审查电影的同志认为，在中国这样的国家，二十岁以前接吻是违反国情的。尽管这帮老同志有的可能在十九岁就当了爸爸。

73

于是我们没日没夜地写剧本，为了早日拿到钱财，我们并不是按照事先说的那样，三人分别写三稿，而是三人一起写一稿，所以往往出现这样的情况，在一开始我写一个人写得眉飞色舞，觉得在剧中此人必挑大梁，按照以前学的那些愚蠢的写作知识来说，此人就是线索，引导整个故事。我尽量将我的线索写得性格丰满，准备好好地将这人写下去，不幸的是，当剧本经过磕螺蛳和老枪之手，再次回到我这里时，我发现，我那可爱的线索已经于上一集给车撞死了。

于是我去质问老枪：你怎么把这人给撞死了？

老枪说：丫你还真认真了，死了就死了，再编一个不就得了，要不我下集让丫活过来？

然后我就没说话。

老枪于是凑近我的耳边说：其实这事，磕螺蛳也有责任，我看他整个剧情发展下去，那个人总是要死掉的，我这琢磨着吧，如果是自杀，就会处理得比较麻烦，什么人物心理等等等等，还是给撞死了干脆。

接着老枪很狡猾地拿出一瓶白酒，开始岔开话题：你说这人吧，酒后开车就是危险，以前在我们老家那里，就有一人……

74

我们三个人的矛盾是这样产生的，有一天磕螺蛳所看重的人物，一个清纯的少女莫名其妙染上了艾滋病。这事肯定是老枪干的，于是当天磕螺蛳就特别恼火，一拍桌子，说，我的女人怎么给你弄出个艾滋病来了？

老枪说，不这样没人看。

然后磕螺蛳愤然说道，不写了。

我当时觉得可能磕螺蛳真的十分生气，因为一般在他发表意见的时候，总会说，我觉得这事吧××××。比如说，你让他从三楼跳下去，他会说，我觉得这事吧，不成。

然后你掏出一百块钱让他跳，他会说，我觉得这事吧，有点儿悬。

然后你再掏出一千块，你就看到这人已经七窍流血躺在楼下地上，最后的遗言是，我觉得这事吧，准成。

然而这次他已经没有那样的幽默感。

磕螺蛳一个人在那儿说，我是一个文人不是一个枪手，这点你要搞清楚。我写的东西是有生命的。

然后老枪立刻上去将他抢倒在地，再揪起来问他，还有没有生命？

磕螺蛳一个劲地说，没有生命没有生命。

此后一切太平。

75

磕螺蛳死后我们的反应是少了一个分钱的。之前我们一直将他当外人，这人又生性怪癖，本不该在这个世界上活那么长久，他选择的自杀方式是从楼上跳下去。

老枪一开始的反应巨大，以为是被自己一下给抢的，常常暗自嘀咕说，我觉得这事吧，有点儿玄。

整个过程仅仅是我们被拖到派出所录了两个小时的口供，老枪对那警察说，文学青年嘛，都是这样的。

那警察看老枪一眼，说，那你小子怎么不跳楼呢？

老枪说，我不是文学青年。

然后我们就给放出来了。

晚上九点钟的时候我们站在世纪坛下面，面对梅地亚，正好看见一个歌手从里面出来，马上被一帮记者包围。我跟老枪说，磕螺蛳恐怕是没有福气享受这个了。

老枪说，我觉得这事吧，有点儿玄。

我说，你该不是内疚自己把那小子给打得失去人生目标了吧？

老枪觉得应该不会，因为他下手不重。

我说，你觉得这小子的女朋友现在在想什么呢？

老枪说，想死得正好吧，可能她正愁分手没理由。你说这个年代的女人还有没有纯情一点的呢？

我说，你那初中的小妹妹就不错。

结果我刚说完这话老枪就失声痛哭，回去的路上听见罗大佑的《未来的主人翁》，反复低吟着"飘来飘去飘来飘去……"我和老枪就决定回上海几天。

76

当天晚上想起在我念书时的一些事情，所有的内容总结起来只有两个字：无聊。在我念书的时候，觉得生活是多么的无聊，但是在若干年后，再想起的时候，却有些惆怅，当然同时也还是觉得无聊。有一段时间我常听午夜之前的电台节目，里面有很多学生写过去的心情故事，那些故事胡编乱造，却能让我伤感。有时候躺在床上，想为什么我还十分怀念我的学生时代。以前的标准答案是——因为那是一个纯真的年龄——去他妈的王八蛋，所有念过书的人都知道那个时代我们是否真的纯真。其实我们中大部分的人肮脏卑鄙无耻下流好色贪心懒惰自私恶毒下贱愚蠢幼稚滥情空虚无所事事自以为是没事找事，剩下的人装作一副好好读书的样子，一跟他们谈到男女关系的时候，总是一派没发育成熟的模样，对此避而远之，其实暗地里可能比谁都下流，这样的人自成一派，特征是虚伪。

77

当时我所在的高中是一个很卑鄙的学校，从学校领导开始个个猥琐不堪，连看门的老头都甚是嚣张，我们就生活在这样一个飞扬跋扈的环境里。学校的设置是这样的，学校门口有三条十分夸张的汽车减速带，这是对来校汽车的一大考验，普通差一点的车过去的时候能给颠得轱辘都掉下来，警示这么差的车就不要进来了。

从这点上就可看出：学校的招生办主任，平生一共两大爱好，贪污和玩车，用贪污来的钱买的都是吉普车。

我们隔壁班级有一个女同学，她的父亲和招生办主任爱好相同，她的哥哥在美国念书兼打工。做父亲的钱虽然多但是不能用，很是痛苦，便把花钱的任务交给了儿女，她的哥哥于是就有洗了一天的碟子能洗出一辆全世界每年限产八十辆的兰博基尼超级跑车的事情来，致使很多美国人都怨恨自己国家怎么没搞个改革开放之类的事情。后来她哥哥从美国回来，同时把车带了进来，这可能是全上海第一部兰博基尼，此车高一米整，据说许多有车的人耍帅的时候是一屁股坐在机盖上，而她哥哥是一屁股坐在车顶上。

此车有一天来学校接他妹妹，无奈减速带太高，车头会架在上面。后来校长出面解决了此情况——他从教室里拿了四块黑板，下面垫了些石头，做成一个斜坡，让那兰博基尼顺利进校。

在这车缓缓进来时，校长发现路上有块砖头，于是立即飞奔上前，其飞奔速度足以让那跑车汗颜。然后校长捡起砖头，向车里的人扬扬手，再"刷"一下将砖头扔在操场上。

还有学校的一个喷水池。这个水池的神奇之处在于，可以根据前来视察的领导的官位高低自动调整喷水高度。倘若来个市长之类，这池能将水喷得超过校长楼的高度。因为学校花花草草疏于管理，所以很多已经枯萎，唯独喷水池旁边的植物健康生长，可见我们学校受到领导器重的程度。

我所在的文科班中，有一个重要的人物，这厮名叫周伦，标准小白脸，半夜遇见此人肯定以为自己撞到鬼了。平时这个人脚穿耐克鞋，并且在寝室里常备六双替换。这点倒没什么，可最令我们气愤的是，这厮的爱好竟然是到处观察同学的鞋子，然后急匆匆地跑上前去，指着人家的脚大笑说，哈哈哈哈哈你的耐克鞋子是假冒的，八十块钱吧。每当这个时候我们总恨不得脱下鞋子作为凶器一巴掌拍死他。周伦至今没有被人用鞋子拍死的原因是，他是某副市长的儿子。

我很清楚地记得我上高中第一节政治课的情形，政治老师反复向我们强调她的铁面无私的时候，周伦在下面和后面的女生调情，被老师发现，叫他站起来，破口大骂一通，最后说，你要讲话去外面讲。周伦坚决地贯彻老师的思想，马上去了教室外面。

不出所料，这位铁面无私的政治老师在第二节课的时候当场向周伦道歉，说：其实这是个误会，当时老师看见周伦同学在讲话，其实问周伦同学才知道，他是在讨论政治问题，是老师错怪了他，而且老师的脾气也有点儿暴躁，希望周伦同学不要放在心上，还希望全班同学向周伦同学学习，能在上课的时候积极思考问题。有些同学看上去好像听得很认真，其实却不知道在想什么，这样对于老师反而是一种不尊敬，像周伦同学那样，才是在认真思考的表现。以后希望同学们能在上课的时候多讨论，多向周伦同学学习。

78

从那天起，发生了两个变化，第一个变化是，我对这个世界彻底地失望，所有纯真的梦想就此破灭。

第二个变化是，我们班级从此将"调情"称为"讨论政治问题"。然后随着年龄的增长，越来越多的人开始讨论政治问题。

79

周伦有着好的女人缘，当然所付出的代价是没有男人缘。因为是重点学校，所以严禁谈恋爱，一切恋爱活动必须在地下进行，就周伦一人敢于正大光明地和女生牵手。当然因为他是副市长的儿子，假如是正市长的儿子，说不定还敢在食堂饭桌上向女生示爱——我们都这样以为。

周伦当时的女朋友是楼上一个班级的班花，这个女生的最大特点就是换男朋友十分勤快，她与周伦一见如故，因为两人志趣相同，所以很快就在一个碗里吃饭，但是令人觉得不可思议的是，他们居然能在一个碗里吃了三个月。

我和一帮哥们都愚蠢地认为，像周伦这样的男人怎么会有人要。其实是我们没有想到一点，人是会不断变换角色的，比如他在我们这里的嗜好是看鞋子，到了女人那里就变成看裙子了。当我和一群人在后面骂这厮如何如何虚伪卑鄙的时候，却没人敢于承认我们很大程度是在妒忌他。

80

在第一个学年的冬天，学校组织了一次歌唱比赛，并且发给每个班级一张单子，单子上面是这样写的：

　　为了丰富学生的课余生活，本校决定组织一次歌咏比赛，凡是对唱歌有兴趣的同学都可以参加，歌曲要求健康向上活泼，比赛将由我校资深音乐教师担任评委，希望大家在课余积极操练。

　　这个单子使我们学校一时间成为怪兽出没的地方，各种各样闻所未闻的叫声从各个角落飘出。如果经过别人教室听到有人吼叫还算好，因为敢在教室里吼叫的人肯定属于吼叫得比较动听的兽类，最为恐怖的莫过于你在厕所里刚要一泻千里的时候，只听在一个阴暗角落、便池附近突然飞出一句：碰上便秘一声吼啊，该出手时就出手啊……

　　周伦这段时间操练的歌曲是罗大佑的《穿过你的黑发的我的手》，因为唱多了嫌单调，所以常常进行改编，后来索性达到了很高的改编意境，就是留给听的人一个可以自由想象的空间，而且这个空间还十分的大。因为周伦是这么唱的——穿过你的那个的我的手……

　　在经过一段时间的磨练以后，学校里自以为有唱歌天赋的人都把要唱的东西背得滚瓜烂熟，在当天晚上五点左右，听说有领导要来视察这次意义重大的活动，还特地把对面小学腰鼓队搬来了，场面十分宏伟，于是我和几个朋友一起去观看。到了校门口，只看见一群穿戴整齐的小学生，准备"欢迎欢迎热烈欢迎"。这个时候突然有一个想法冒了出来：原来我小的时候是差点儿被利用了的——曾经有一次我报名参加腰鼓队，结果因为报名的人太多被刷了下来。很多小孩子报名参加腰鼓队是因为这个比较容易混及格，据说那还是掌握了一种乐器——去他妈的，就这个也叫乐器，你见过有人没事别个腰鼓敲的？况且所有的腰鼓队也就练一两首曲子，都是为欢迎领导用。原来是我们把小孩子的时间剥夺过来为了取悦一些来视察的人，苦心练习三年只为了做欢迎狗的狗，想到这里我就为我们小学时候飞扬跋扈的腰鼓队感到难过。

六点左右我听到那些孩子叫着"欢迎欢迎热烈欢迎"，就知道要开始唱了，台下那些要唱歌的人一副艺术激情要爆发的样子，还有些估计是给硬逼上去的正临阵磨枪塞着耳机在呜哩嘛哩的，场面十分好笑。

六点半开始比赛，先是学校领导上来赋予这次比赛神圣的意义，搞得气氛很是紧张，然后场下那帮磨枪的就抓紧时间，呜哩嘛哩得更欢了。

六点五十分是学校合唱队的演唱，冗长乏味毫无激情，假如换成磨枪队的合唱显然会更有韵味。

终于开始个人演唱，我之所以坐在台下参加这么无聊的活动是因为我们寝室的一个笨蛋要上去献丑，而且这家伙手气奇差，抽到倒数第二个献丑，注定了我和几个兄弟要把一个晚上耗在这样的活动上。

第一个上去的是一个女生，她在上面用粤语唱《容易受伤的女人》，因为过度紧张，所以不幸忘词。不幸中的大幸是唱的粤语歌，反正鸟语似的在座没人能听明白，她就一个人在那里瞎唱，下台的时候因为语言问题致使大家以为她是加拿大人，都献给了她热烈的掌声。

第二个上去的是一个戴眼镜的男生，一看相貌就知道在音乐上是没有前途了，但是因为有赵传在先，所以这男生显得特别有信心。他唱的是张信哲的歌，叫《不要对他说》，第一句话是"选在清晨时分走出你家"的什么来着，这男生为了显示自己的噪音和张信哲的相似，所以故意拔得很高，当他唱出"选在"两字的时候我们都特别兴奋，许多女生都已经做好姿势准备鼓掌，不料此人唱到"清晨时分"四个字就高不上去了，然后掩住脸从容退场，整个献演过程不到五秒钟，可谓来去匆匆。这首歌那男生虽然只唱了几个字，却让我非常怀念。以后每当在KTV中听见各种奇异声音的时候，我总是想，如果每个人都像他那么有自知之明就好了。

第三个上去唱的人就是周伦，他上场的时候台下都窃窃私语。从他在上面摆的姿势来看是胜券在握的，他始终很深沉地将话筒放在身后靠近屁股处，下面很多人肯定在许愿，他在此关键时刻能情不自禁地放屁一个。

要开始的时候周伦还是不将话筒挪离屁股，仿佛在昭告世人，他拿那个地方唱都能夺冠。

然后，只见他不慌不忙地拿起话筒，高歌道——穿过你的那个的我的手……

接着台下一片死寂，都在琢磨这句话是什么意思，若干秒钟后，坐在角落里以平时看黄书多而闻名的体育委员终于没有辜负自己平时钻研的那么多课外知识，带头哈哈大笑，然后整个局面过了十多分钟才控制下来。周伦在上面颇为尴尬，因为平时那个版本唱多了，所以一开口成千古恨，只好硬着头皮唱完。

周伦唱成这样让诸多将他内定为一等奖的评委颇感为难，唱走调什么的倒也算了，但是唱色情了就比较麻烦。最后这帮评委经过紧急磋商，决定颁给周伦一个最佳台风奖。给最佳台风奖的理由是，周伦在不小心唱出淫歌色曲之后，依然富有职业道德，没有中途退场，将淫歌进行到底，是很不容易的。

周伦这个人物对我以后有着很大的影响，他第一次让我认识到了权力的重要性，权力高于你尽全力捍卫的权利。

81

三年以后的夏天，我离开这所一塌糊涂的学校，进入外地一所师范大学，这就意味着，我进了一个更一塌糊涂的地方。

这是我从小到大第一次远行，怀着对美丽城市漂亮姑娘的向往，迷迷糊糊地爬上火车，去往一个叫野山的城市。当上海离我远去，我渐渐觉得茫然，并且陷入一种很莫名其妙的感伤中，不能自拔。

82

我买的是下铺的票，这事给我的教训是，以后不论怎样，都不要买下铺的票，因为我的中铺，脚奇臭，当我正坐在床上看着窗外发呆感伤的时候，我的中铺风风火火地赶到，并且第一件事情就是脱鞋示脚，然后把他的东西放到床上去。本来这是无可非议的事情，但是，整个事情的转折点在于他在下来的时候一脚正中我的枕头。在我的枕头被践踏以后，我的上铺匆匆赶到，因为此人体态臃肿，爬到上铺有困难，所以就一直坐在我的床上，乐不思返，一直到黄昏时刻。我忍无可忍，想要叫此人挪位，不料发现，此人正熟睡在我的被窝里。于是我只好爬到上铺。上铺空间狭小，加上这车没有空调，我在上面实在忍无可忍，便又爬了下来，坐在火车的走道里，看外边一片漆黑。

83

　　在半夜的时候，火车停靠沿途一个小站，时刻表上显示在这个站上停留的时间是三分钟。在火车停下来之前我还是在半睡半醒之间，一等到它停稳我便睡意全无，发疯一样地冲出火车，然后在站台上到处走动。停在对面的是一辆空调车，车窗大闭，突然也冲下来一个人，跑到角落里撒泡尿，然后精神抖擞地上车。我看见这车上面写着到上海，于是我有一种马上回去的冲动。一分钟以后，冲动变成行动，我跳上那列车，然后被售票员赶下来，售票员对我说的最后一句话是，你热昏头了，想来吹空调啊。

　　那年我对学校充满失望，但是却没有像大部分人一样假装思想尖锐，痛骂学校的种种不是。我坚信一个人对于一样东西完全失望的时候，他的意见只有四个字，无话可说。而那帮从醒来到睡去在不停地骂校长骂老师的人，如果学校给他们的高考加上十分，或者将校花赏赐于他，此人定会在周记上写道：感谢学校给我这样的机会。对于我现在混成这样，我也要说：感谢学校给我这样的机会。

　　以上便是我在被售票员骂昏头以后的想法，我将此想法原封不动地带上火车。我铺位上的那人已经不见，我估计此人正在上厕所，于是马上连鞋子都不脱就睡了上去。火车开动三分钟以后那人驾到，我听出动静以后装作睡死得很厉害，估计那人疑惑了一段时间，拍拍我的大腿说，兄弟，你怎么睡我的铺啊？

84

这辆无比慢的车开了整整一晚上，终于停靠到一个大站，我对照地图发现原来这个晚上我们挪动的距离是五个厘米。倘若换成世界地图，这还是值得欣慰的，不幸的是，这是××省旅游图。然后我发现一个事实，我们离目的地还有几十个厘米。

因为无所事事，我开始坐到窗前整理我是怎么会到今天这样的。在思考的过程中我废寝忘食，等到回过神来已经下午，才发现连中饭都没有吃。于是我不禁感叹，这就是人们说的思想的动力。可惜的是，它似乎不及火车的动力那么实用，尽管如果火车有这样的动力的话我可能早到那个几十厘米开外的地方了。

途中我有一种很强烈的要给人写信的冲动。我的上铺却已经泡到一个风尘女子，两人性格甚是相近，一直在我床铺上新闻联播，到了第二天黄昏的时候又插进来一个，成为锵锵三人行。此时我的信件完成两封，分别是给我两个好朋友，信的内容基本是这样的：

××，你好：

收到我的信你一定感到很意外，主要是我这个人不太喜欢写信，但是这次是在火车上闷得慌，我的上铺又烦得不行，所以没有事情干。你现在应该在××市了吧，妈的以后一定得坐有空调的车。不说了，主要是问候一下，你有空的话就回个信。

写完以后我就发现这信很愚蠢，但我还是在下车以后把信寄了出去。开始的一个礼拜我静盼回音，结果回音在两年半以后才刚刚到，对我这封信的回复是：

××，你好：
因为没空所以一直没回信。
我也觉得，妈的，以后要坐有空调的车。

信的内容是这些，对于过了这么长时间才回信，我一度不将此归类于人情冷暖世事多变这样的悲观结论里，乐观的想法是，这家伙明白坐车要坐空调车的这个道理花了两年半时间。

在我离开这所大学整理东西的时候发现了这封信，于是思绪万千，立即动笔回信，并且对他的研究成果做出了很大的肯定。回信内容是：

有道理。

85

火车在奔波了很多个小时以后终于到达野山，我在下车的时候认识一个人，是从半路上来的，叫老夏。这人在去野城之前去过一次北京，自学成才有点学问，加上开始新生活，所以兴奋得不得了，一路上看见什么东西都要用北京话去赞叹。我们出火车站的时候，老夏看着火车夸奖道：牛，真他妈牛。

路上又遇见一部车瞎超车别了我们一下，他对着前面车的司机说，牛，真他妈牛。然后最为奇特的是我们果真在路边遇见一头牛，老夏说，牛，真他妈牛。然后发现不对，想了半天想起不应该说"牛，真他妈牛"，应该是"牛，他妈真牛"。就是这个城市里长大，连牛都没见过的人，在五年以后，以一部乡土文学作品获得一项全国性的文学奖，并且成为中国最年轻的作家。一代老作家对他的评价是，一个文学青年，能够耐下寂寞，参与乡土文学的创作，不随大流，不刻意前卫，不标新立异，不局限于都市，不颓废，很积极，很难得。

其实当时的情况是，为了还打牌输掉的钱，老夏扩写了一个二十世纪七十年代杂志上的一个中篇，然后发表在一个九十年代的杂志上，后来有一个年轻的电影导演看中这个东西，叫他扩写成一个长篇，于是此人又找来一堆七十年代的书籍，经过一段时间的剪切拼接，终于造就了他的获奖文学作品。他除了拿到一万块钱的奖金以外，还一跃成为中国有名的青年作家，经常在各种笔会上发言说：我认为在现在的中国文学圈子里，缺乏我这样独立创作的精神……

从此，我对文学敬而远之。

86

这年夏天即将转冷的时候我们来到野山。我对掌握知识保家卫国这样的事情丝毫没有兴趣，我的兴趣在于这是一个陌生的地方，这意味着，我在一个熟悉的地方碌碌无为了很多年后，将到一个新的地方继续碌碌无为。我的目的明确——遇见一个漂亮的姑娘。

我一直以为这是一个很卑鄙的想法，后来发现原来在我的同学中，这是个很崇高的理想。在我这一届的哥们中，有向往成为江洋大盗的；有向往让亚洲陷入金融危机的；有立志要和深田恭子上床的等等等等。和这些人在一起，除了赞叹他们的理想比较远大之外，还可以看到他们为理想付出的不懈努力。比如向往成为江洋大盗的，平均一周三次去附近小学实践；要让亚洲陷入金融危机的，首先学会了偷班级里人的钱包，先造成本班金融危机；立志和深田恭子上床的，常常在其他女孩身上苦练技巧。

87

去报到的那天，恰好北方秋天。我看到野山这个城镇的真实面貌：此城市三面环山，街道破旧，人群肮脏。满街跑的出租车是小夏利，怀疑是南方废车拼装市场的作品。一次我坐在车上看见有部的士正好左转弯，突然此车的右轮胎直线飞出，然后看见司机在里面手指自己的轮胎哈哈大笑。我正在纳闷怎么开车掉了个轮子是这么值得欢欣鼓舞的事情，我的司机说，那傻×，还以为别人的轮子掉了呢。

那小车居然还有音响设备，里面正放《真心英雄》，唱着"但愿人人处处都有爱的影踪"。

而那年我比较悲观，觉得这个世界上的确都是爱的影踪，爱骗人，爱吹牛，爱贪便宜，等等。

我是和老夏结伴而行去往学校报名的，此间我们仔细观察了这个城市，觉得有必要将美丽城市漂亮姑娘这两个梦想中的一个去掉。我们从火车站叫车到学校花了四十五元钱，后来知道被开出租车的那家伙欺骗了。因为有一天我突发奇想要绕这个城市一周，于是爬上一辆出租车，对司机说，给我绕城一周。而我下车的时候，计价表上显示：三十二元。

我和老夏为这个四十五元应该是谁付争执了很久，因为我们彼此刚刚认识成为朋友。这个时候人总会变得特别热情，结果是，他出车费而我请晚饭。

88

我们于当天搞清楚了很多事情，甚至连为什么这个城市叫野山也研究得略有心得。清楚无疑的事情是，我们被欺骗了。

当时在报纸上看到这个学校的介绍时，我们看到了一所力量雄厚的学校，然后下面的照片又让我们春心荡漾很久，因为从照片上看，这的确是个很美丽的学校，非常适合发展男女关系。而且那上面还写道，我校长期与北京大学保持合作关系。事实证明，这所破学校果然和北京大学合作紧密，连登的照片都是北大的。

而野山这个名字也给我带来了诸多不便，比如写信给人或者打电话给同学报上地址的时候，总有思路不清者会连声感叹说：呀！你小子混得不错啊，什么时候去日本了？

至于野山为什么叫野山，根据我的观察是，学校后面有一排山脉，估计此地属于什么大山脉的臀部，而这个城市也被大大小小的山脉所包围，而许多山脉很荒野。

我知道这个解释很废话。可有些废话是非说不可的。

比如此后一些时间，我和一帮人在学校里看电视，里面正在直播足球比赛，中国队一脚射门，当然是歪掉，而此时中国队正输对手一球，那解说员爱国心切，说出了一句让我们全部昏过去的话：

哎呀，太可惜了，如果这个球不打偏的话就进了！

当时我们一致认为这是我们见过的最傻×的解说，并且纯真地觉得，说废话是可耻的。

当我离开学校若干年后才知道，原来这个社会，这些秩序，这些规矩，这些道理，这些名著，这些讨论，都和上面那句解说词实质一样。唯一的区别是，上面的话让我每次回想的时候都不禁大笑，而后面的很多东西，却让我每次想起都想大哭。

89

其实那是一句少见的纯真的话。

可惜的是，当初我们没人想到。

90

我和老夏再见面的时候，彼此颇为惊讶，互相感叹道：啊，原来你也是中文系的。

报到完毕，我和老夏发现入校的都属于那种进学校只为吃喝玩乐的人，没有远大的抱负，只有很大的包袱。十个当中其实只有一个色狼，主要的是还有八个伪色狼，和人家碰一下手都心跳不止，却要每天装作一副昨夜纵欲无数今天肾亏过度的样子，无法自理，不能独立，成天烂醉。再是思想幼稚，自以为是。

91

第二天的时候我们坐在教室里等待中文系主任的教诲。在此之前，我积极地搜索班级中的同学，不幸发现，原来我们班级的女生基本上个个都长得鬼斧神工，男生基本上都属于流氓改造过来的类型。于是我无法想象，就是这样一帮人将成为辛勤的园丁。

师范算是怎么样一种地方啊，男女比例严重失调，女的看见男的都表现出一副性饥渴的样子，而男的看见长成那样的女的都表现出一副性无能的样子。操场长期空无一人，树林里倒是常常可以踩到几人。女生基本上常在讨论一些×××比×××帅的问题，这倒不是可笑的，可笑的是，当若干年以后，这些女生摇身一变成为阳光下面最光辉的职业者的时候，听见下面自己的学生在讨论×××比×××帅的时候，居然会脱口而出：你们成天在想什么东西。

至于男同志就更加厉害了，有上了三年课还不知道寝室在什么地方的；有一年之内当了三次爹的；有成天叼一支烟在学校里观察各色美女的；有上中文系两年还没弄明白莎士比亚和伊丽莎白原来是两个人的，等等等等。我实在无法想象，这些人能够在毕业以后衣冠禽兽地出现在各种场合，教书育人。

教书肯定是不行的，但是如果碰上适合的女学生，育人这个目标还是可以实现。

92

和我在一个寝室的有老夏，还有一个山东人，叫小强。小强这个人属于山东人中比较奇异的一个变种，个子比较矮，但是我们一致认为此人很深刻，原因是，一次他在图书馆中翻看各国建筑，借以研究林徽因为什么会跟梁思成跑了的。结果此人第一次知道山东的简称是鲁，十分激动，然后指着书上照片中的几座山东人设计的房子激动地当堂叫道：大家快来看鲁房。

小强的理想是当个老师，因为他从小受到老师的压迫，所以觉得老师这个职业比较强悍。可惜山东人显然普遍抱有此想法，小强不幸落榜，便混到了此地。

93

我们一进学校第一件事情就是在附近找便宜的酒馆，结果在后门那里找到一个，走进去发现都是师范里跑出来的。这里大概有一个教室那么大，然而从进野山师范的第一天起，我从没见过一个教室里坐过那么多人。

94（上）

此后我发现原来每个学校都有醉鬼无数。这类家伙在高中的时候已经初露端倪，时常怀揣一瓶啤酒，别看这帮家伙好像平时很用功的样子，书包鼓鼓囊囊的，其实可能里面有无数名酒。然后经常把自己搞得一副李白的样子，趁酒醉的时候去揩女生的油，不幸让人大骂色狼的时候，他们就把责任全部推到诸如青岛啤酒厂之类的地方，尽管这帮家伙可能非常的清醒。

我高中的时候有个同学叫陆佳，此人平时行动迟缓，踢球的时候总是慢人一步，然而一喝酒顿时健步如飞，等飞到教室以后"咣当"一声倒地不起。

这人的饮酒爱好是我培养的，主要是当时我天真地觉得一个人去喝酒有颇多不便，而且比较矫情，所以每次要去喝酒的时候总是呼朋唤友，当然不能呼唤得过多，否则酒钱便是个问题。

而当时的陆佳是属于有呼必应的类型，主要是那段时间他可能正情场失意，于是便在酒场得意。其他的一两个人基本属于勉强过来吃菜的类型。其中一人甚是搞笑。那人在喝酒之前豪言壮语自己曾经和人拼掉一箱的啤酒，过后玩魂斗罗还能三条命冲到第六关。我在请此人之前一度长时间考虑经济上是否能够承担，后来终于觉得是朋友钱不是问题。当然事先我无数次叮咛此人要适可而止，务必将酒量控制在五瓶以内，否则我下半个月的伙食将没有着落，此人一拍我的肩膀，一副饶过我的样子，说：行，那我尽量控制。

而那天我们并没有尽兴，原因是，他喝了一瓶啤酒以后当场倒地，无论用什么手段，都不省于人事。我们不得不中断喝酒，将此人抬出酒馆，扔到寝室的床上。

等我们回去的时候，这人依然酒醉不醒。于是我们开始讨论是否有将他送进医院的必要。等到第二天他终于起床，见我们第一句话就是：昨天我喝了几瓶？

陆佳伸出一只手指在他面前晃悠了几下。此人顿时大惊失色，然后愤怒地拍床而起，叫道：我被人暗算了，那他妈是假酒。

此后我开始无比讨厌这个家伙，而他也很识相，不再提自己的英雄往事。我们喝酒也再没叫过他，主要是怕这人再遭"暗算"。

而陆佳的壮烈之举在于，虽然还是个初学者，但是进步神速，可以一下给灌五瓶啤酒。而这人很少发酒疯，一般在不行的时候会迅速蹿入教室，此时在教室里的同学看见陆佳满脸通红地跑进来，以为是刚找到什么美女表白过，不料此人瞅准一块空地就倒下，然后呼呼大睡。

我喝得比较夸张的一次是在一个星期五，当时正搞什么活动，而我已经喝掉一瓶葡萄酒，席间陆佳两度与我抢酒，结果未遂。然后我们以爱护身体光喝酒不吃菜不好为缘由，约了两个女生一起去那酒馆里消遣。

其中的一个女生是我当时喜欢的，这事说起来很让人痛心，因为纵使她在我怀中的时候，我仍然无法确定我们之间到底是什么关系。

当天晚上我壮志凌云地叫了八瓶啤酒，陆佳帮我解决掉其中一半，我又要了一小瓶白酒，喝得很惨无人道。在迷迷糊糊里，我似乎看见那女孩起身离开，并且和我们道别，可能是害怕再这样喝下去我和陆佳两人会将她轮奸，所以一溜烟不见踪影。当时我还追出去说了几句话，不幸的是，我已经不记得那时说过什么。现在想来，我希望说的是诸如"回家小心，骑车不要太快"、"迷路了找民警叔叔"之类的废话。

我又进去喝了几口，陆佳估计又要去躺倒在教室了。然后我突然想起一事，飞快地结掉酒账，飞快地打到一辆出租车，那出租车飞快地带我去那女生楼下，我又飞快地结掉车钱，飞快地飞奔上楼，躲在第三层的转角等待她的来临。

三分钟以后她如期而至，看见我以后愣了一下，估计是在考虑我是以何种方式赶在她之前到达。然后我抱紧此人，做了一些诸如真情告白之类的蠢事。这样的蠢事以前倒不是没有做过，是因为我那天已经喝得爹妈放在眼前都不认识，所以我坚信，那天我所说的一切都是真话。

当此人缓缓上楼的时候我知道这可能是我最后一次吻这个女孩，然后我和陆佳一样，倒地不起，沉沉睡去。过了一段时间，我发现可能已经是深夜，温度越来越低，想到陆佳此时可能正睡在春暖花开的床上，不由心生向往，叫了一辆出租车，奔赴学校，等车停稳我发现身上只有三块钱。出租车司机看我醉成这样，怕我一时兴起，将他的爱车拆掉，居然没跟我计较什么。

而我做了一件比较愚昧的事情，就是叫门卫老头开门。主要是我将这种人的职责想象成开门关门那么简单，没有想到原来这类人还具有向校长打小报告的功能。

其实当时我的正确行为应当是爬过学校门，爬过宿舍楼门，爬过寝室门，总之简洁地形容就是爬过三重门。

而看门老头正在做一场春梦，不幸被我叫醒，自然心怀怨恨。

对于那个女生，我至今所后悔的是表白得太多。因为后来证明，无论我说什么，那些话的命运也就和"如果那球不打偏就进了"一样，只是留作日后的笑柄。

94（中）

那次是我喝酒的最后一次，当天晚上我觉得无比寒冷，好在有陆佳，此时他在我的眼里是一只硕大的恒温热水袋。我钻进陆佳的被窝，颤抖不止。

至于那天晚上的情景，我觉得依然只有这句可以形容：当天晚上我觉得无比寒冷。

第二天起床阳光明媚，我突然想起原来还有一个比赛，就是要在区里跑一个八千米。而我早上还不住地恶心，欲吐不能。随后就是发现没有跑步可以用的鞋子，我便到处去借鞋子，可惜大众普遍觉得鞋子是一件很私人的东西，不能随便外借。

于是我便做好了穿拖鞋上阵的准备。

一个上午我四处游荡，身无分文。后来我从抽屉的角落翻出了十块钱。这十块钱让我无比感动，庆幸自己有乱放东西这样的好习惯。

我用一块钱买了一个苹果，想借其醒酒。啃到后来直怀疑这棵苹果树是不是浇酒精长大的。

然后我去吃了一顿中饭，丝毫没有胃口。回头找陆佳的时候发现此人早已衣锦还乡了。顿时我无处可去，就一个人去操场傻跑几圈，感觉一动腿就有一股不是很浓烈但很不好受的酒的味道直冲上来。我想完蛋了，这下要边跑边吐了。一想到自己要吐个八千米，马上失去所有信心。

我早早来到区体育场，打算找个老师商讨退出事宜。不料发现昨天晚上的那个女孩已经赶到，看我是怎么边吐边跑的。这让我万分感动。她居然给了我一块巧克力一瓶牛奶，于是我豪情万丈，将牛奶一饮而尽，决心纵然吐奶也要跑。

下午两点比赛正式开始，我一开始便奋勇直前，一路领跑。以前在学校里长跑我和一个叫陈松荣的家伙争夺第一第二，不幸的是通常是他第一我第二，原因是此人的强项是八百米和一千五百米，而我的强项是更长的。但学校为了避免出现跑死人的尴尬场面，最长也就是一千五百米。

这次八千米的比赛陈松荣据说因为身体不适没有参加，所以我信心十足，遗憾的是有一个家伙常常跟在后面，我心里不禁暗想：操你妈×，老子要让你吃屁。这个想法可能不太文雅，却是我的真实想法。

正当我让他吃屁的想法慢慢实现的时候，突然陈松荣开着一部小轻骑车出现在我前面，一本正经地给我加油。当时的情景就是，后面那家伙吃我的屁，我吃轻骑的屁。

而且让人悲愤的是那部轻骑明显保养不好，一路烧机油现象严重，白烟滚滚不断，而这些白烟基本被我吸收。

这还不是最让人悲愤的，最让人悲愤的是陈松荣这家伙，他妈好歹也要装出个开得很累的样子让我心里平衡一下吧，此人却一副和轻骑一起闲庭信步的样子，让我无比羡慕。

当时他叫道：调整呼吸，加快步伐！不要急，和后面的拉开距离！跑起来了！

而我当时已经累得无力反驳，对他本人也没什么大的意见了，反倒是对他的轻骑充满向往。

正当我忙于幻想的时候，我后面那家伙一鼓作气，居然跑到了我的前面。陈松荣一看大势不妙——或者说是大势很妙，就一拧油门，消失不见。

此后我花了很大的力气才追上此人，并且在跑进体育场以后大发神威，将此人甩下半圈有余。其实主要是我在路上还留有余力，要等到进了体育场有观众的时候发挥。

那次我终于忍住恶心夺得第一，然后一直在幻想是什么奖品。我希望是给我点车钱让我可以打车回去，结果只给了我一个保温杯子。这让我郁闷不已。

94（下）

回到学校的第三天我就遭受领导批评，原因是我半夜醉酒不归，欲记处分一个。我解释说是因为即将比赛，所以一帮人出去庆祝。然后发现措辞不当，忙改口说是预祝。结果因为我得了第一名，学校觉得我这人还有利用价值，可以留在学校里为他们卖命跑步，让这所一塌糊涂的学校继续博取学生"全面发展"的称谓，继续当什么所谓的"示范"学校，好让有钱的家长把子女都送进来，然后从他们身上捞取钞票，中饱私囊。

所以学校决定宽大处理此事，要我写一个保证书或者叫认识之类的东西。于是我苦心酝酿，写道：

在上个星期五的晚上，我由于一时糊涂，去学校隔壁的酒馆里喝酒，然后在外游荡，半夜才归。现在我认识到我错了，我不应该吵醒门卫老伯伯开门。以后保证不吵醒门卫老伯伯。

于是此事就不了了之。

但比较麻烦的就是，我们的班主任发现了班级里男生喜欢喝酒的毛病，并且一一谈话。我被最后一个谈话，当时那班主任就痛骂我一顿。理由是我让那帮小子染上了喝酒的毛病。

其时我已经做好那帮家伙把责任推卸到我的身上的准备，但没有想到他们推卸得如此彻底，于是一时不知所措，脑海中浮现出一个奇妙的景象：在一个傍晚，我抄着家伙对那帮人说，走，陪我喝酒去，否则老子灭了你们。然后那帮家伙只好和我一起去喝酒。然后我用枪顶着他们的脑门，说道，妈的，给我喝光，否则老子一枪崩了你。

从此我成为罪恶的源头，众家长都教育自己的孩子要对我这样的人避而远之，我也生怕哪位家长的宝贝儿子把谁给奸了以后跑过来说是我教的。

但我所关心的是那女孩子是否不曾离开我。此后当我们分别的时候，我们还没搞明白我们是怎样的一种关系，我不承认那仅仅是同学，因为没见过同学之间拥抱亲吻的，然而她不承认是我女朋友，可能此人发现虽然我还有那么一点儿意思，但她的男朋友却要有很多点儿意思才行。

或者说，此人一直渴望自己的初恋是浪漫的，所以直到碰到一个这样的人才肯承认。此前的一切，纯属演习。

或者说，此人理想的男朋友是这样的而我是那样的，比如说，此人一直喜欢法拉利，而不幸上帝送她一部小夏利，所以只好凑合着用用，对外宣称这是别人的车，她只是借来熟悉车子，以便以后开好车的时候不出事。

或者说，此人一直想要小夏利，而天上掉下来一部法拉利，于是此人觉得自己技术不行，难以驾驭，所以索性就不开了。

我宁可相信后面一种假设。

不幸的是，这是不可能的。

一直到后来，我们很长时间不曾联系，直到有一天我实在憋不住给她打了个电话，却发现彼此无话可说。此间有别人来电话三次，抄水表的敲门两次，我一概不理会。后来那抄水表的家伙知道有人在里面，敲门越发暴力，大有破门而入的倾向，真不知道他妈的是来抄水表的还是来操水表的。

尽管受到外界干扰，我还是为能听到此人的声音而感到非常高兴。

然后她的电话里传来嘟嘟的声音。我马上觉得不幸的事情要发生了。

事实和我想的一样——她打断我为不冷场而苦心营造的废话，说：我有电话进来了，再见。

然后就是在不到半秒的时间里听见此人挂电话的声音。

现在想来其实当时有很多可以浪漫的东西，比如说我用家里的电话给她打电话，然后在通话的时候再用手机打她家里的电话，到时候她接的依旧是我的电话。

但是我觉得她的反应会是和我一样的——无聊。

一直到有一天我问到她我的手机号码而此人翻箱倒柜历经劫难终于找到一个错误的号码的时候，我才彻底绝望。

然而我做的最让我自己觉得愚蠢的事情是，一天晚上突然打电话过去要让此人做我的女朋友，否则永远再见。

主要是我一定要搞清楚个中关系，否则我就感觉随时会失去。以后我才明白，那是个极端不成熟的想法。

我在当天晚上觉得不出意外她的答案是永远再见，不料出了点儿意外，使这件本来不会出意外的事情有了一点波折。当天晚上她可能突然想起我的种种好处，居然答应做我女朋友。

这个结果我未曾设想过，于是彻夜不眠，还奋笔写了一封类似情书的东西，里面不少是关于对过去的总结和对未来的畅想之类老掉牙的东西，并且相信此人看到一定喜欢。一直写到天亮的时候我突然觉得那可能只是晚上的一点儿冲动而已。科学家调查出来大多数女人第一次失身一般在夜晚而不是什么刚吃完中饭这样的时候，意思就是说，晚上一般感情容易冲动，而白天比较现实。所以说，这就是为什么在晚上失身的女人很多会在一觉醒来觉得后悔。

几天以后此人的朋友叫我去拿她的一封信。

我宁可相信此人信中不是说一些什么遗憾啦考虑不成熟要后悔不好意思其实你很好的只是不适合我啊之类的话，而是诸如对过去的总结和对未来的畅想之类的美好事物。

不幸的是，这是不可能的。

当时所有的事情的事实都是：

一切都不会出意外，只是多了一点儿波折。

而那些波折却让我们痛苦不堪。

95

在师范后面喝酒的家伙里有很多是初学者，因为就数这类人喝酒最猛，提起瓶子一饮而尽的也都是这些傻×。至于高手，一般要留有余地，否则就没有人将那些傻×抬出酒馆，扔进校园。

喝酒的原因大多是和自己喜欢的一个姑娘发生了种种不快。以下便是一个生动的例子，是一天我在那儿吃饭时听见的。

当时一个家伙正喝得飘然欲仙，然后另外一个家伙过去问他：喂，老弟，干吗喝成这样啊？

那人迷迷糊糊说：有个男的追我女朋友。

于是旁边有人提议说：那你去追那男的女朋友啊。

此提议一出，众人频频叫好。

不料那个男的抬起头说：早追了，不过没追上，给人甩了，要不我在这儿喝酒干什么。

还有一些家伙去喝酒是因为觉得喝酒比较有型。此类家伙一般是中文系的，他们的观点是，搞文学的人不喝酒那还搞个屁。尽管此话逻辑上有些问题，但还是可以看出中文系的家伙实在是愚蠢。

另外一些家伙来喝酒是因为"思想产生了撞击"，说干脆了就是脑袋撞墙了。比如说，一个人的理想是世界和平没有战争，结果第二天美国人就两个导弹把我们的大使馆给平了，于是此人郁闷不已，借酒浇愁。或者说是一个傻×，想一个傻×问题，结果想得如同电脑死机。这样的呆子为数不少。

一般来说，这些人是哲学系的。

96

报到的当天晚上我和老夏就在这地方吃饭，发现这样的地方没有一点儿人情味道，尽管人倒是很多。老板深知酒的力量，于是将店内所有的桌子都换成铁的，这是一个人性化的设计，远比现在电器上的一些比如可以让你边打电话边吃饭的功能人性化许多。

吃完饭我们沿着学校后面一条干涸的河流走路。途中发现一个室外的体育场，于是走了进去，发现有许多人在里面踢球。这让我顿时对这个地方产生了好感。因为在我念书时的一个五一劳动节，我约好一帮人去踢球，结果发现偌大一个县城，所有的学校都搞得如同监狱一样固若金汤，一切门卫看见有人要进去踢球就一副执法公正的样子，说：没看见黑板上写的什么啊？不准进校！一个操场居然悄然地改造成了一个菜场，居然还人头济济，而且在它旁边几百米的地方已经有了一个人头济济的菜场。找球场的时候还看见了几个自发的菜场，这不由让人惊奇地猜疑是否在我所住的这个熟悉的地方很多人家都私自豢养非洲大象之类的东西。实在没有办法的时候，我们只好在一条偏僻的马路上踢球，结果不幸将一辆飞驰而过的汽车挡风玻璃踢碎。这事情还惊动了一个警察叔叔，他当时气势汹汹地跑过来，大骂道：你们不能去学校里踢球啊！

在之前的一个晚上，我们一家看电视，突然里面放什么公益广告，大体内容是这样的，几个孩子在马路上踢球，然后差点儿给车撞死。看后我爸大发议论道：现在的孩子真是交通意识淡薄。

这点我当时也觉得同意，一段时间觉得有必要对小孩进行交通规则的教育。

现在想来是我们自己思路不清。比如说，假如世界上所有的男人都有新鲜的美女让他上，他还去找妓女干什么？

不幸的是，这是不可能的。

所以，在很多年以后的一天，我开车在马路上的时候，突然被扑面而来的一个足球吓了一跳。然后我就万分激动地下车，对着一帮惊恐的学生说：妈的，爽，老子好久没踢球了，加一个行不？

这就是以后我对有地方让人锻炼的城市充满好感的原因。我和老夏进去看人踢球，同时准备在必要的时候大展身手。结果发现基本上水平都比较差。只有一个家伙左盘右带，动作娴熟。并且他从头到尾不说一句话，不像有些家伙，说话次数比触球次数还多，在我踢球的时候万分仇恨这些家伙，我觉得比较适合他们的是在球场边上放个笼子然后把他们全扔进去做解说。

我和老夏看到快天黑的时候，那个男生大概已经进了十多个球，并且球风优良，不曾犯规一次。所以我和老夏断定这是个正人君子，将来大有前途。

在比赛临近结束的时候，我们一致看好的家伙一脚大力抽射，打在球门角上一个突起的地方，球顿时突起一个大块，远看如同一个葫芦。只见造就那只葫芦的家伙忙跑过去，十分爱怜地摸着那突起的地方，然后说出了一句让大家昏倒的话：

这球发育了。

97

到大约八点的时候，我们穿过这个小城市。我的见闻是这样的：

从学校正门口笔直往前走，可以看见一个居民区。这里地好价廉，堕于学校右面医院里的胎大多是在这里制造。然后沿着一条满是路灯却很少能有几盏亮的路，可以看见一条竖的街，这街上到处是吃夜宵的地方，东西便宜，但是不干净。我曾亲眼看见一个伙计刚刚掏完鼻孔后用手去捞汤里的一个苍蝇。这个满是大排档的地方也是学校右面的医院生意兴隆的原因。

从学校附近的布局可以看出，最赚钱的应该是那家医院。

然后沿着那条四车道大路走，马上可以发现这个地方司机开车个个像急着要去奔丧。我的神奇经历就是坐在一辆没有反光镜和转向灯的出租车上，然后我前面的一辆小车正在超越一辆卡车，而一辆桑塔纳正在超越那辆小车。突然我坐的那部出租车如服伟哥，腾空出世去超那部桑塔纳，然后被超的车子个个不服气，都油门到底不让人超，于是只见四辆车并驾齐驱的雄伟场面。

我坐在车里惊恐万分，想万一对面有车怎么办，这时我突然想起，可能这条是个四车道的大单行道，顿时释然。

可是万万没有想到的是，正在这四辆车子互相竞争的时候，突然对面也出现四辆并排飞驰的车子，看情况死几个人是难免的。

在大家即将相撞的时候，突然那桑塔纳司机意识到还是自己的车最贵，于是一个刹车，缩到大卡车的后面，然后三部车一齐往后边靠，对面四辆车也马上并在一起，腾出空间，嗖嗖而过。最近的那部车离我的车门就几个厘米的距离。

于是我恍然大悟为什么此车没有反光镜。

这是我坐在车上最惊心动魄的一次。此后一旦有电视转播赛车比赛，我的第一反应就是，怎么像骑车似的。

对这个地方的交通认识还在于几次差点儿给人家骑车的撞死，还有一次差点儿给人家一个骑童车的小弟弟撞翻在地。从中我认识到了自行车的威力。

我有过一辆自行车，花了四十块钱从一无业人员那里购得。不出意外是偷来的。不幸的是，我发现在不骑车的时候，从学校到超市只要十分钟，一旦骑车，可能半个小时也到不了。

原因是，在我们学校门口的大马路上有一座天桥，平时穿马路从天桥大概走一分钟，结果当我换上自行车的时候，发现穿一次马路要二十分钟有余。并且要全神贯注，运用所学过的一切知识来断定远处来车的速度，以免死得不明不白。等到确定可以通过，立即很多人万马狂奔，骑着车逃命一样经过。

过程这样惊险以至于我每次在教室或寝室的时候，听到"嘎——"的急刹车声音，总要停下手边的活，想道：又死了一个人。

还要夸张的经历便是，在一个晚上我正要刷牙的时候不小心把牙刷掉在厕所地上，捡起来后洗了半天没有刷牙的胃口，便决定出去买一把。当时是北京时间晚上十一点十分，而那超市是十二点关门。我于十二点三十分回到寝室，可是牙刷依然没有买到。

当时的过程是这样的：我骑车到马路旁边，结果花了整整四十五分钟才过去，我想，还有五分钟，骑车过去超市肯定已经关门，还是回学校再说，于是，我在马路的对面等了三十分钟，终于得以回归。

至于当时为什么在我要穿过去之前就断定来不及买牙刷而回去呢？我想当时我肯定十分壮志凌云决心要穿过这条马路，牙刷之事早已置之度外。

以后我终于发现一个可以在五分钟以内过马路的办法，而且屡试不爽。这个办法很简单，就是背着自行车上天桥。

从学校附近的交通可以看出，最赚钱的还是那家医院。

然后继续讲这个小城市的状况。穿过那个很便宜的房子构成的小区以后，可以看见一大群别墅区，我喜欢从这里走的原因是可以看见很多名车。而且很多都是有名的辣车，经过名厂改装。虽然后来才搞明白这些都是走私进来的，但是这个地方培养了我对车的兴趣。

老夏和我同时喜欢上研究汽车，并且经常想办法搞港版《人车志》来看，然后我们惊喜地发现，原来蜗居在那里的车有CELICA、MR2、GT3000 VR4、SLK、Z3、BOXSTER、IMPREZA STI、S600、L7、ZX300、TT、FTO、RX-7等等等等。这些车经常看得我们目瞪口呆，导致很长的一段时间，我们区分车的好坏只有一个方法：除了特别长的车，四个门的都是破车，两个门的都是好车。

而我们经常看见一个美貌女子，开着一部敞篷的MX-5，翩翩而过。无论是两样中哪一样，都让我们十分向往。

每次我穿戴一新出去的时候，都有可能碰到人上来说：新到了一部×××，才十五万，连一张套牌和海关罚没单，要不要？

然后我总是一脸平静地说：是手动挡还是自动挡的？

那家伙说：自动挡的。

于是我摇摇头说：自动挡？开起来没趣味，不要。

要是那家伙说手动挡，我的答案便是：手动挡太累，不要。

当然我最害怕的是那家伙说：都有。

如果答案是都有的话，我就留下一个老夏的拷机号，说：哥们我现在有急事，改天你打这个拷机咱出来细谈。

穿过这个名车荟萃的地方，马上看到一条常年干涸的河流，里面可以看见一些人种的花花草草，然后居然可以看见有不知是马是骡的东西在里面吃草。据说是因为雨季未到。然而从我在这里的一年来看，似乎雨季的作用就是滋润里面的花草树木。

这河一直通向群山之中。

再往前就是市中心。里面有一家很大的民营书店叫"兴华书店"，店里汇集各种盗版书刊，而且常年八折。在这书店的对面是规模相同的新华书店，但是人流稀少，因为那里常年挂一块牌子，上面写道：

最近新书——红楼梦

书店的旁边有一个叫做"卖肯鸡"的地方，一开始我们还以为是麦当劳和肯德基合力推出的一个店，不料吃过才知道此店的店名意思是：卖力地啃才能吃鸡。

不过此店还是财源滚滚，因为推出的服务是所有快餐店里最有特色的，店里年轻服务生会在客人正在"卖啃"的时候说：先生，要不要去后面做个按摩，凭餐券七折优惠。

还有的便是一些很土气的地方。再往下面走便是一些很雷同的街道。

再往下面便出了这个城市。在边缘的地方有一个破旧不堪的火车站，每天两班火车发往北京。在火车站的墙上面写有很大的"毛主席万岁"。

在学校的附近有一个新造的汽车站，我们对此汽车站的愿望是希望他们的车和这个站一样新。可惜的是，里面的车大多不可思议，如同那些走私过来的好车一样，这些车都在内地难得一见。我很多次都看见一车人在推车前进。这让我以后在上课的时候一听见民族凝聚力就想起此画面。我曾经坐过一次这车到市中心，感觉是司机在转弯的时候丝毫不畏惧这车会翻掉。

在汽车站的附近是新兴的工业区，边上有条街开满酒店，一般来说，如果市政府要召开一个紧急会议的话，在那儿开比较方便，大家就不用往政府里赶了。

这里原来是农村，一些农民暂时不能适应，一直将骡子之类的大家伙拉上来走。所以常常可以看见一辆宝马跟在它兄弟屁股后面不能超越。为这样的事情农民和政府对峙过几次，过程是这样的，因为有动物在路上影响交通，而问题的关键是这条路的前身就是给动物走的，所以两方面都不能接受。一次一些农民上去质问说：这明明叫马路，怎么马就不能跑了呢？

政府的解决手段也别出心裁，迅速将××马路的称号改为××公路。

但是比较尴尬的事情是，一次有一匹马在公路上面走得十分休闲，于是交警上去质问，那马主叫交警仔细观察马的私处，然后说：这是公的，能上公路。

最后，这件事情的解决方法是，在公路的显眼处贴上告示，上面写道：

严禁在公路上拉屎。

98

这便是野山这样的地方。这样的地方会有怎样的一个师范？

99

这事说起来总让我们感觉被欺骗。当初我们这些人，怀着远大的理想进入高中，因为种种原因，或是兴趣过多，或是溺色过度，或是智商有限，或是愤世嫉俗，或是父母离异，或是感情破裂，或是师生不和，或是被人暗算等等，高考无望。我们觉得凭借我们的实力，只能考考什么水产大学农业大学之类的地方，将来养鱼或者种田去；或者直接待业在家，然后找一些诸如帮人家粘粘东西之类的工作，而且估计得粘很长一段时间，可能年轻力壮的时候都耗在上面，也看不到出路，没有前途，用形容某些大师的话来说就是"过着一种与世无争的生活"。

但是我们又隐约觉得该有什么东西在未来待着的，比如突然混出个人样，或者在一个奇妙的地方遇见一个绝色的美女，然后一起死了算了，等下辈子投胎投得质量比较高一点。总之就是说，生活不应该是现在这个样子的。

在这个时候，我们同时发现了有一个学校，离首都很近，大概一个小时的车程（后来经过我们的推算，这点介绍是基本属实的，只是车速得不低于三百五）。那儿有雄厚的师资力量。对于这点我们其实没有要求，反而还希望师资力量比较单薄，这样就不用面对一些自认为是大师的家伙。可能是现在普遍的教授之类的东西都对大师这个称呼有所误解，觉得好像当了大半辈子的老师就是大师。我在高中的时候已经对这样的家伙仇恨入骨，恨不得见一个揍一个，所以所谓的师资力量什么的东西对我丝毫没有诱惑。

再是介绍说这个学校风景优美，校园面积达八百多亩。结果我去的第三天就遭遇一场莫名其妙的沙尘暴，等停了出去一看，大吃一惊，愣半天出来两个字感叹：真黄。

八百多亩地倒是有可能，尤其是我们发现原来这学校的校办厂比学校还要大的时候。

再然后是这个学校的介绍里说学校硬件设施一流，每人一台计算机，而且到处可以上网。事实是，行政楼的硬件设施一流，而每人一台计算机没错——如果能把计算器看作计算机它兄弟的话。至于到处可以上网，我宁可相信这是"到处可以上床"的笔误。

100

总之我对这个地方充满失望，自从我懂事以后就对每个我念过的学校充满失望。而更令人失望的是，在我进那些学校之前，总是对它们充满希望。

101

从一届的同学到另一届的同学，我总是不能找到一种电台中所描绘的依依惜别的感觉，什么毕业的时候大家痛哭流涕难过万分，在我看来全是脑子不健全的体现，所得出的结论是，这帮小子所经历的东西或者所承受的东西太少，以至于当一个形式解散而那些个体依旧存在的时候感到非常的不习惯。

所谓的分别其实不过是少了一些班主任之类的东西而已。这些人依旧是这些人，还可以见不到很多让人讨厌的家伙，应该是件值得庆祝的事情才对。至于其他的人，该追的还是要追，该揍的还是要揍，丝毫没有什么影响。而我们所写的同学录这样的东西，更加是虚伪透顶。我有一次看到一个朋友的同学录，整体给我的读后感是：像是一帮家伙在互相写悼词。

每年到了秋天的时候我所感伤的事情是一些很自私的个人的事

情，而不是诸如"我的班级要没了"这样的国家大事。

比如感伤的是为什么过了十多年以后依然没有人给我那种当初陈小露将话梅核吐在我手心里的感觉。我承认这是比较小资的，比不上一些文学系的家伙每天忧国忧民，具有"深刻的现实意义"。

我所关心的是我的生活，我何时可以得到一样什么东西，今天晚上没有内裤换了怎么办等等问题，而不是什么自由民主精神思想这样的东西，因为那些东西我在很早以前就已经关心过了，而且还发表了为数很多的议论，觉得该怎么怎么怎么怎么样而不该怎么怎么怎么怎么样，可事实是这些东西在我大发议论以后依旧是这些东西。这说明，它们只能给我带来失望。而我突然发现当我今天晚上找不到内裤换的时候，我总是对新的内裤充满希望，而这个希望就比较容易实现。

102

老夏却是那种每次毕业都要无比感伤的人，追悼录有厚厚三本。一次我走在学校里问他：你是不是他们的老大？

老夏说：不是。

我说：那你有什么东西好难过的？

然后我翻了一下他带出来展示的同学录说：我真佩服你能看得进这么多废话。

老夏解释道：主要是因为那些都是好话。

我继续不解道：那么多人夸你聪明怎么就考到这个地方来了？

老夏回答道：考试前三个月我就忙着写同学录，结果考语文那会儿一看见作文就想写同学录。

我继续翻他的同学录问道：那为什么这三本里有两本半是初中的时候写的呢？

老夏点根烟，说：主要是因为那会儿我正追一个女的，到毕业了还没到手，然后我想让那女的给我在同学录上留几句话，一般来说，这上面写的都是没法说出口的东西吧——而我又不好意思直接让她写，就按照学号一个一个写过来，总能轮到她吧，于是我就让班里每个人按学号都写了。况且她看见前面那么多夸我优点的应该会有所那个。女的嘛，你知道的。

我听后到处找那女的留下的东西，问道：在哪儿呢那女的写的？

老夏马上一副很悲壮的神情说：事情是这样的，我们班一共有五十三个人，那女的是五十一号，结果写到四十八号就考试了。

我马上对此表示很遗憾。

老夏说：他妈的问题就出在四十三号这驴给我拖了一个多礼拜，说他写不出要酝酿，他妈一酝酿就酝酿了九天，结果他妈酝酿来酝酿去就酝酿出了这么一个东西——

老夏把同学录翻到四十三号那边，只见上面写道：

我酝酿来酝酿去酝酿不出什么东西，所以只好希望你万事如意。

我看后哈哈大笑，问最后怎么解决了这事。

老夏一副痛心疾首的样子说：我他妈当时蠢就蠢在放她跑了。

我大为惊讶说：啊？没了？

老夏悲伤地说：没了。

103

在开学以后的两个礼拜，我和班级里的人慢慢熟悉，但是因为很多家伙经常旷课在外，所以感觉源源不断有新面孔出现。后来出现了一件令人振奋的事情，就是学校要和香港的中文大学联手举办一次辩论大会，学校里选拔出来的胜利一队可以去香港和那群普通话都尚不能表达清楚的家伙辩论。辩论的结果并不重要，因为辩论这个东西实在是愚蠢至极。每队各派一桌麻将的人数，然后就一个实际已经知道的问题，准备好正反两种辩词，到达自己可以驳倒自己的境界以后，和另外一桌麻将喋喋不休地念资料，就一个很傻×的问题大家争辩得恨不能互相抄家伙，然后最后的总结陈词里，四辩一直强调：我方的观点一向是×××××××××。

但是虚伪的是，如果抽到了相反的签，四辩也会厚颜无耻地说：我方的观点一向是×××××××。

最后有个老家伙被无辜地冠以专家学者之类的身份，说几句无关痛痒诸如"今天的比赛真激烈"的废话，以补充后面一帮评委争论两队谁资料准备得比较翔实的空白时间。

104

在我高中的时候也有过一场辩论比赛。当时我们充满热情，我们的队伍抽到的是反方，整个比赛里对方没有还手之力，而且他们一度出现思维混乱，搞不明白自己到底应该是赞成还是反对，但结果评委认为正方胜利。后来弄明白原来这些题目都是学校出的，学校根据领导的主观意愿事先早就已经定好了所有论题都是正方胜利，反方失败。这件事情传出去以后，在决赛上，轮到反方一辩发言的时候，四辩站了起来先做了一个总结陈词：今天这场比赛我们输了，好，就此结束。

105

自从那件事情以后我就对辩论彻底失去兴趣。不过这次的比赛我还是积极报名踊跃参加，主要目的是要去香港，如果换成香港中文大学到野山来比赛，保证报名者少掉一半。

106

当时和我搭档的是三个蠢货，都抱着要锻炼口才的想法参加辩论队，一脸天真烂漫的样子，让人觉得很于心不忍。礼拜三的时候我们四人带着整个中文系的希望去抽签，结果我们的辩题是：克隆技术到底是利大于弊还是弊大于利。

对于这样傻×的题目我已经无话可说。

而我们抽到的是反方，意思是说，我们将要捍卫克隆技术弊大于利这个观点，尽管我们队里两个家伙认为是应该利大于弊的。

为此我们花了很长的时间准备为什么弊大于利，并且到处寻找例子，制造设想，结果不幸发现，没有什么例子可以证明克隆技术弊大于利，而我们想到的最强有力的反驳词是：如果哪天你发现你女朋友正在和一个克隆的你上床，你还会觉得利大于弊吗？

可惜的是，此话在比赛的时候一定要加以修饰，否则后果严重。可这话一旦说得婉转，就失去了很多风韵。

尽管这是一句真话。

107

在其后的三天里，我一直被克隆技术到底是利大于弊还是弊大于利困扰，满脑子都是弊啊利啊之类的东西，最后不幸地得出一个结论，其实应该是利大于弊。因为如果可以克隆出一个我来思考这种烦人的问题，我就不必如此头痛。

108

在我方没有任何优势找不到有利的例子的时候，我们能做的只是分析对方会说些什么东西，而对方是生命科学院的家伙，深知克隆是个什么东西，势必会冒出一大串术语来吓唬人。而且当我们说出克隆技术的种种不是的时候，他们肯定会说出一句基本上所有辩论赛里都会出现的陈词滥调毫无新意的东西，大致意思就是说：枪可以用来杀人也可以用来救人，关键是看它掌握在谁的手里。

言下之意就是说，如果克隆技术掌握在我们手里，它就是危害社会的，如果掌握在他们手里，就是造福大众的。

我每次听到这句话，都恨不得当场自尽。因为此话实在是太没有新意了，但还是有厚颜无耻的家伙能从容不迫没有一点儿自卑感地徐徐将此话说出，还扬扬自得以为自己妙语天下。

109

最后的两天里我们深深觉得自己是没有希望的，但还是很渴望能够去香港，其实不用去香港，只要是以正规理由离开这个地方，我们都会欣喜万分。

于是我们开始想一些旁门左道，后来我们的二辩，一个书呆子，语出惊人地说：我们可以问问那时候谁是评委，如果是女的就泡了她，如果是男的就派我们的三辩让他泡。

这个观点标新立异，是我认识这个家伙到现在他说得最有社会价值的一句话。

于是我们通过关系发现原来评委是女的，是学校的体育部部长。于是我们觉得追求此人有一定难度，一是因为她高官在身，眼光必定高出常人一截；二来此人必定体形彪悍，需求强烈，所以能胜任泡她这个任务的人一定要体形更彪悍，需求更强烈。

后来我发现老夏是个合适人选。此人虽然体形上有点儿问题，但是才华出众，妙语连珠，能讨人喜欢。

110

这天下午我意识到时间的紧迫。照平时我对这样的事情肯定漠不关心，一摆手说：输了就输了。然而这次我却斗志旺盛，不甘心失败。

于是我马上约了老夏一起吃饭，饭前反复强调这次有大事托付给他。此人好几年没做什么大事，确定我不是问他借钱后也表现得很积极，不断催问。

我点完菜说：老夏，这次的事情其实是我让出来给你的。大家一致觉得我去比较有希望，但是我觉得应该给你一个锻炼的机会。我说这些话的时候十分一本正经，弄得老夏精神高度紧张，下意识觉得这是一件非要他出手的大事不可。

然后我慢慢说：事情是这样的，你知道我最近在搞一个辩论会……

老夏问道：怎么我没听说过？

我说：就是赢了能去香港看漂亮妞的那会。

老夏恍然大悟说：哦，我听说过。

然后我说：后来我们碰上一点儿麻烦，我们抽到的签比较不好，虽然有我在，但还是不能保证出线。

老夏马上斗志昂扬：是不是你们打算换我上？

我拍拍老夏的肩膀说：这个交给你显然太简单。

然后我马上装作不谈这个，说：你不是一直想要找个女朋友？

老夏此时显然已经对女朋友之类的事情失去兴趣，追问道：你别打岔，到底是什么事情？

我继续说：最近我们给你物色了一个人，这个人还是那场辩论会的评委，你拿下这个人，我们就能拿下那场辩论会，你说怎么样？

老夏下一句话和我想的一样，他说：主要的问题是——那个女的漂亮不漂亮？

我胡掰一通说：漂亮，她是咱校花。

老夏显然兴趣大增，问：有多漂亮？

我说：你他妈怎么这么八卦，自己看看不就知道了？

老夏：什么时候？

我说：因为比赛的关系当然越快越好。

老夏说：那么今天晚上。

111

我比较欣赏老夏的一点性格是办事麻利，尤其在谈恋爱方面丝毫不拖泥带水，此人先后谈过三个朋友，一个出国，一个吸毒，一个跟人跑了。不过和我不同的是老夏在这三件事情上显得一点儿都不悲伤，尤其是对于第一个女朋友出国这事更是有大将风度。当时那女的找他，说：我父母要我出国，你说我怎么办？我听你的。

此时的老夏已经深刻地明白其实一个男朋友的吸引力远比不上法国一座铁塔那么大，不论老夏觉得如何，到后来的结果一定是那女的难违父命远走他乡，尽管事实可能是那女的自己一再强烈要求去法国念书甚至还为第一次被人家大使馆拒签而万念俱灰。于是老夏很慷慨地说：这样吧，咱也就别谈了，你去法国念书，回来后还记得我咱就继续谈，反正随你。

事后老夏觉得他做了一件很爱国的事情，因为他觉得那个女的质量比较有保证，法国男人一定喜欢。

112

当天晚上老夏就依照我给的姓名班级去找那个女的，结果她同学说她去图书馆了，然后老夏不由感叹：真是个好学的女孩。于是老夏决定立即奔赴图书馆。

在大家斗志旺盛要去图书馆找那女孩的时候，我们突然都意识到一个问题。而且这个问题很严重，不仅代表我在这里几个礼拜的学习状况，并且对能不能追到那个女孩和辩论赛的胜利意义重大。而这个问题又不是我和老夏能解决的。

后来这个问题的解决方法是，我拦下一个戴着眼镜看上去很书生气的女生，文雅地问：同学，麻烦问你个问题，图书馆怎么走？

113

结果那女的回答说：我怎么知道？你自己看学校门口那地图去。

114

经过很大的周折我们终于找到图书馆，发现所谓图书馆其实是个很小的地方，类似我以前在一些大书店里看到的儿童阅览室。里面大概有十几个人，大多是女的。正当我为如何分辨而头疼的时候，只听老夏大叫一声：徐小芹！

然后一个在看电影周刊的扎一个很高的马尾辫的漂亮姑娘徐徐

抬头，疑惑地看着我们两个人。

115

从徐小芹抬头的瞬间起我就后悔万分。主要是我在高中的时候有一个体育部部长是个女的，此人主业铅球，长得触目惊心不说，而且赘肉横溢，估计一辈子只能和铅球相依为命。正是这个女的给了我这个印象。不幸的是，她害我失去了一个接近理想的姑娘的机会。

而老夏此时正心花怒放，一拍我的肩膀说：没见过这么有义气的哥们。

我表情尴尬地问：怎么样，这个人不错吧。觉得怎么样？

老夏一拍我的肩膀说：漂亮。

116

老夏和我坐到徐小芹的旁边，徐小芹问道：什么事啊？

当她开口的时候我更后悔得不能自已，因为她的声音让我觉得十分动听，我觉得此时纵然有一张去香港的机票飘落面前我都不会正眼看一次。

虽然这可能是因为对比的作用。这又要说到我们高中时候的体育部部长，记得每次此人要全力掷铅球的时候总要花比扔那球更大的力量去发出一声"嗨"。她每次发声都使在学校那头的一个专门做测地震仪器的兴趣小组兴奋不已。

到此我发现失去了一次让我可以长久留在这个学校里的机会。从我懂事的时候起，就一直希望找到一个美丽的姑娘和自己在一个美丽的学校做一些诸如看秋叶纷飞满山泛黄之类的事情。我相信这个愿望很多人有。可是这样的机会从来不曾有过，难得有一个漂亮姑娘也都和别人去看景色了，或者有漂亮姑娘的时候却没有漂亮的景色。当我把这个愿望说出去的时候，我的朋友很多都说我变态。变态的原因是，有这么漂亮的一个姑娘在身边还不想上床，真他妈不是男人。

我们高中的班主任，爱好是观察班级里的恋爱动态，而且手段低级，比如从垃圾筒里翻字条之类的。此人一旦有所收获，马上在全班通报批评，并且认定当事人以后不会有大出息。这个观点很奇怪，好像科学家都是靠手淫才搞出了很多重大研究成果。

当时我们这个班级不畏艰难，发展神速。而我却一直在寻找一个漂亮的姑娘，她需要有长的头发，可以扎起一个马尾辫，而且此马尾辫可以任我抚摸，这点并不是最关键的，最关键的是在其他色狼要上前揩油抚摸的时候，她马上会怒脸相对，大骂一声：流氓。

不幸的是，我碰到过很多女的都可以满足第一点，至于第二点，如果是长得比较影响视听的男的摸的时候，她们的确会破口大骂：你流氓啊！而一旦碰到帅哥，她们就会表现得无比温顺。

我曾设身处地地想过，如果一个美女要摸我的头发，我必定会马上换一个舒服的姿势，任其抚摸。

这个矛盾让我迷茫。

我一直思考的一个问题是，我们为什么需要美女？

可能她们改变你的生活习性，让人感觉这个世界充满期待。虽然当你觉得期待的东西就要得到的时候，她们马上去普度众生，让其他人觉得生活充满期待。

119

那天后来所发生的事情是，老夏笑意盈盈地走上前去，对徐小芹说：请问你是不是管体育的？

徐小芹说：是啊，怎么了？

老夏说：我们是新进来的，不知道怎么进校队。

徐小芹说：怎么，你踢球很好啊？

老夏一指我，说：不信你问我徒弟。

此时我心里所想是将老夏揉作一团，然后一脚抽射。

徐小芹看看我，说：这事不归我管。

这话让老夏顿时感觉失望。

然后徐小芹冲老夏笑笑说：不过我可以帮你们问问。

这话让老夏顿时感觉有望。

再然后徐小芹说：因为我男朋友就是校队的。

这话让老夏顿时感觉无望。

然后，老夏垂死挣扎说：这事比较急，您看能不能马上帮我们问问。

于是徐小芹说：你这人真没办法，这样吧，你们跟我来，我去我们租的房子里找他。

这话让老夏顿时感觉绝望。

120

后来事情有了巨大的变化，致使老夏在十分钟后就成了徐小芹的男朋友。

当时情况是，徐小芹用钥匙打不开房间的门，然后发觉是里面反锁了。于是她附耳于门上，不幸听见里面浪叫不绝，于是吩咐老夏将门踹开，老夏自然满心欢喜，觉得义不容辞，于是用出毕生力气，飞起一脚将门踹得响声惊世，可惜的是门依旧纹丝不动，老夏却不幸脚趾骨折。然后屋里徐小芹的男朋友听见以为派出所查房，便大叫，喂，里面是我老婆，还没穿衣服，你们待会儿再来。徐小芹一听，气得飞起一脚，顿时整扇门哗然倒地。她男朋友一脸迷惑，问道，你怎么来了。徐小芹一把拎起蹲在地上检查脚受伤情况的老夏，瞪着眼喊：我跟我老公来上床，要你管。

这就是老夏怎么样追到一个美丽女子的传奇经历。

121

有徐小芹做后盾以后我们整个辩论队心里十分踏实，觉得胜券在握。到了真正比赛的时候，发现其实关注此事的人十分众多，观看的人爬满窗台。

我觉得主要原因是他们要看八只动物吵架是什么样子的。到后来我们才发现原来这些人是对方叫过来捧场的，因为对方一出场，立即人群振奋，当然我们一出场也是人群振奋，大叫道：滚出去，滚出去，中文系的吃屎去。而且口号整齐划一，使我们怀疑他们平素时常操练，并且前面有个指挥，叫大家掌握好节奏，不然无法到达今天的境界。

我们假装平静地坐下，然后是主持来问我们对今天观众这么热烈不同凡响的感受。一辩装作风度翩翩地说道：这代表大家还是很关注辩论会的，我为此感到高兴。

其实他当时的感受肯定不外乎于"他奶奶的，老子把你们阉了"之类的东西，因为这小子的口头禅便是此句。

后来比赛进行得十分激烈，幸亏双方离开的距离比较远，如果像吃年夜饭一样大家围在一桌上辩论的话，双方肯定有好几个人已经被抬出去了。

这样的场面尤其出现在自由辩论的时候，其中果然不出所料，对方三辩慢悠悠地说：枪可以用来救人，也可以用来杀人，关键看它掌握在谁的手里。

然后我们的一辩"刷"地一下站了起来，激动地说：他奶奶的，能不能来个新鲜点儿的，如果真能克隆东西，老子建议你去换个脑子。

马上台下掌声一片。

这时，对方一辩突然开窍说：那么，照你的意思是说，克隆技术的确是利大于弊的咯？

台下又是一片掌声。

我们的一辩马上反驳道：不用不用，像你们三辩那么笨的人毕竟也没有几个。

这时候那三辩一拍桌子起来说：你他妈有种再说一遍！

这个时候恰巧校长经过，听见此话，马上冲进来指着生命科学院的家伙，说：你们这是什么态度，什么作风？你们不用参加比赛了。去街上骂人好了。

这便是我们第一场比赛胜利的传奇经历。

122

然后我们一帮人又抽到了一个"法律和规则究竟哪个重要"这样的傻×论题。我们光是思考这个论题是什么意思就花了两天，最终还是不得其解，然后我们上去乱说一气，到后来自己都不知道我们在表达哪个东西比较重要。这场就没有上一场那样大家"干劲十足"，到了自由辩论的时候观众已经去了一大半，而且大家无话可说，我们四人互相对望，后来一辩说：你看不如我们打牌吧。

结果这场比赛依然是我们胜利。后来据悉对方失败的原因是，校方觉得他们那四个辩手普遍长得比较影响学校声誉，万一后来真的去了香港恐怕会为学校带来生源较差这样的印象。

123

后来一共进行了七八场比赛，结果我们将于二十天以后去香港。成员如下：

一辩，在几场比赛里形成了自己彪悍的特色，一共出现若干次"他奶奶的"，每次"他奶奶的"出现都能成功扭转比赛的局势，所以他所担心的是香港人是否听得明白"他奶奶的"是什么意思。

二辩，我。

三辩，一个女的，所有比赛中只说过一句话，这话是在自由辩论的时候，她鼓足勇气站起来说：关于这个问题，我想说——然后是主持人说：对不起，正方时间到。

四辩这个家伙一本正经，每次发言都试图用"发展的眼光看事物"，并且"逻辑地解决问题"，说话没有特色，只会在比赛前将自己要说的话都写在一张纸条上，比赛的时候放在大腿上偷看，并且每次做总结陈词的时候都要说到主持人连叫几次"你们的时间已经到了"为止。

而老夏，自从有了徐小芹以后很难见到此人，偶然见到也是一副生活滋润的样子，对其他事情不闻不问，四处编造让人同情的谎言借钱，意图是在外面租房子。

124

而所有辩论赛留给我的印象是，这真不是人干的事。

125

当年秋天即将冬天的时候，我抱着终于离开这个学院的想法，坐上开往北京的火车。

其实总体来说，这个学校还是不错的，因为不仅不干涉学生同居，而且有很多老师带头同居。比起我以前念过的很多学校，这是个比较自由的地方，只要不杀人，不纵火，不泡未成年少女，其他一切随你怎样。不幸的是这却不能再吸引我，因为它不是如我所想。而这个地方总体只能用两行字来表达，这两行字被一个前辈写在厕所墙壁上，每次去撒尿对此话的了解也加深一层。

话大致是这样的：教室如同猪圈，学院好似妓院。

一般来说，能在这里待满四年的人，会发现在这个地方的所听所见中，只有上面这句话是真的。

126

我们四人在火车上十分无聊，所幸几个小时就到了北京，然后马不停蹄奔赴首都机场，我们还有一个带队的，是中文系的老家伙，一般人看到他的第一反应都是"这家伙怎么还没有退休"，所以我们都提心吊胆他会不会老死在路上。

关于学校派这么一个老人去香港的目的我至今没有想明白，说是领队，其实永远都走在队伍的最后。刚见面时以为这个家伙德高望重，马上去巴结帮他拎包，以便今后在学分修不满的时候求此人帮忙。而三辩始终相信这是一个很有成就的人。据说"文学家所迈出的每一步都是艰辛的"，所以此人举步维艰，光是从站台走上火车都花了半个钟头，然后我们又花了五分钟将他从出租车上搞下来，提前两个半钟头到飞机场，结果此人从安检走到登机口都花去几乎飞机从北京直飞香港的时间，致使我们差点儿误机。一辩数次忍不住想将此人抱着跑。

这次我们是跟随一个旅行团去往香港，可惜由于经费问题，飞机是降落在深圳，然后我们从罗湖进香港。而这个行动迟缓的老家伙致使我们几度萌生把他扔在深圳的念头。

意想不到的是，我们到了深圳以后，马上有辆车将这人接走，而我们四人则被抛在深圳，跟随一个流里流气的旅行团到处乱走。

在机场那导游热情地说：我们现在正等待接送我们的车子，大家不要急，相信它马上就会到的。这话重复了无数遍，还是不见车子。那人是第一天当导游，所以表现得很紧张。当车子终于来到以后，我们累到几乎没有力气再爬上去。昏昏沉沉开了很久，才到了罗湖口岸，我们四人看见罗湖口岸都以为它是一个小商品市场。

我们排了很长时间的队，导游通过安检以后在楼里绕了很久，终于绕到一个出口，大家兴奋得以为脚下就是香港了，结果一个小贩在那里叫，快来看看我这儿的×××，深圳最便宜的……

然后我们又瞎兜了一段时间，终于稀里糊涂到达香港，换了票子坐上轻轨，摇摇晃晃去往红磡。

四辩掏出一个傻瓜机对着窗外乱拍不止，一辩立即对四辩说：他奶奶的，别土里吧唧的，收家伙。

我因为面对完全陌生的地方，一时无法适应，索性倒头就睡。

在经过一段时间的摇晃以后，我们终于到达红磡。据说在那里会有人接我们，与是和旅行团告别，独自寻找来接的人。结果发现，原来红磡是个很大的地方。

实在没有办法的时候，我们想找一个公用电话打那些要接我们的人的手机。在终于找到电话以后，一辩瞪着眼问：港币，有没有？

然后我们四处找可以将人民币换成港币的地方，最后还是托了个香港人以150比100的汇率换了一百港币。在终于找到又一个电话以后，一辩又瞪眼问：硬币，有没有？

这便是我们到了一个陌生地方以后的经历。当时的感觉和我在内地念书的感觉是一样的，没有出路，不知前途。

后来还是一辩为我们指明了出路，此人打通电话以后，还没来得及讲话，就被对方一段粤语闷得没话可说。等到对方叽里咕噜说完以后，一辩冲着话筒大叫：他奶奶的，听不懂。

然后对方马上换了一个说普通话的。据说此人是国语高手。然后她问我们在什么地方碰头，我们环顾四周，发现附近能看得见字的一共就一个建筑。于是一辩说：就在对面那个殡仪馆。

那国语高手马上表示不明白。估计他们还没有教到殡仪馆三字怎么说。然后四辩冲上去解释说：就是烧死人的地方。

后来对方明显不耐烦了，打断话问道：你们在什么地方？

一辩漠然看了看四周，几乎绝望地说道：红磡。

对方说：废话，我指的是红磡的什么地方是你们在的地方？

一辩继续绝望地说道：电话机旁边。

127

大约花了一个钟头大家才明白对方表达的是什么意思，然后我们在殡仪馆碰头，坐上他们的车，去往中文大学。

途中他们一直用粤语说说笑笑，我恨不得冲上前去揍那俩家伙一顿然后教他们说普通话。唯一的一次说话是那个女的转过头来问：你们从哪里来的？

于是我们四人不约而同变成上海人。

那女的马上表现得很激动，说：哦，上海，我去过。

我马上很兴奋地问：你觉得怎么样？

那女的马上说：乱糟糟的。

128

我们到了中文大学以后，几个人出来表示了一下对我们的欢迎，并且表示辩论比赛将于三天后进行．大家都很期待和大陆的精英对话。主要目的是提高国语水平。这话出来我们才搞明白原来此行的主要目的是和一帮语言不通的人辩论。

然后一个人给了我们每个人一张磁卡之类的东西。我多情地以为那是一张有几万港币的信用卡，结果发现上面写了三个字：八达通。

我们问：这卡是用来干什么的？

那人马上回答说：哦，这是用来坐地铁的。

黄昏的时候我从学校出发，决定到附近走走。当我从一个地方到另外一个地方的时候，我基本能知道我们该往什么地方去，而此次是我站在学校门口，不知要往什么地方去。

于是我买了一张地图，结果不幸是英文版的。在换了一张有中文的地图以后，我发觉白浪费了几十港币，因为我花了半个钟头也没有找到我目前所在的地方。

129

在四处走走的希望落空以后我回到住的地方，发现其他三人正卖力打牌，我提议说：出去走走？

一辩说：走个屁啊，路都不认识。

于是我坐下来和他们一起打牌，奇怪的是我们仍打得兴致盎然。一直到第二天的晚上我才意识到一定要出去走走，否则就白坐了两个半小时的飞机。

我先打个车去沙田，然后又转去旺角，在弥敦道上漫无目的地行走，吃了一顿麦当劳，一路上一直看见很多模样夸张的车"嘭嘭啪啪"地呼啸而过，以为是排气管给人偷了。若干年后才明白，原来是换了尾鼓拆了中段灭了三元催化器加了根直通管弄出来的效果，据说可以让车子在高转速下表现得更加活跃。依我看来最大的好处是减少了事故发生率，因为开这样的改装车可以一路上不用喇叭。

然后我又看见很多的摩托车跑车，它们从我身边"刷"一下消失不见，而且我发现香港的年轻人喜欢玩声音大的东西，所开的摩托车大多都是两冲程的，从V2到PGM4代甚至到NSR500，本来都已经声音够大，却孜孜不倦卸掉原来的排气管换两根或者四根碳纤加速管，扔掉消音棉不到一万一千转不换挡。

我脑子里所出现的是学校里一个老态龙钟的保守的家伙咧着嘴说：这是一个张扬个性的时代。

此时恰好一个家伙开到我身边想玩翘头，一大把油门以后马上一松离合，不料碾在地上一摊不知什么油上，那家伙马上"扑通"倒地，估计有点伤势。只见此人飞一样从地上蹿起，拼命去扶摩托车，结果那车太重，怎么也扶不起来。可以想象此人头盔下的表情一定十分尴尬。

然后他放弃扶车打算，站在弥敦道上，茫然望向前方。不过最奇异的是他望了一段时间以后，摘下价值几千的ARAI盔，重重扔向地上，而且说出让我感觉很亲切的国语——他奶奶的。

我继续向前走，这天我无师自通也去了太平山顶、维多利亚湾、兰桂坊，将香港精髓兜遍。

而富有所谓后现代意义的是，我站在太平山顶，旁边两对恋人正在亲热，眼前正是高楼比邻有雾没雾的香港夜景，最想说的一句话竟然是：他奶奶的。

我回去后对一辩说的第一句话是：放心，香港人明白他奶奶的是什么东西。

那家伙回敬道：他奶奶的我早知道了。

倒下睡着的时候，我推断那张八达通的卡里大概还有几块港币。

130

第三天的时候我们和对方辩论队一起吃了个中饭，我们吃的是杭州菜。不过那菜做得很令人发指，我们一致认为这是北京厨师的杰作。

席间我们沟通困难。唯一一句大家都听明白的话是我们的一辩说的一句：THIS 菜 IS NOT VERY 香。

对方忙点头说：YEAH，YEAH。

然后一辩小声在我耳边说：孙子乖。

我无法理解一辩的意思，直到席间对方那帮家伙自以为热情地说了很多次"YEAH YEAH"。

然后是一个貌似对方代表的家伙向我们表示了诚挚的感谢，问我们是否在香港到处玩之类的问题。我方其他三人点头不止。

131

比赛于下午在他们的礼堂里举行，下面稀稀拉拉坐了一些观众。我们只能称这些人为观众而不是听众。

我们的辩题是高薪能否养廉。

题目是当场通知，据说这样可以体现辩论的真实意义。而我们发现对方对此早有准备，连笔记都有不少。而我们四人还没搞明白这话的含义。

后来大家终于合力想出来原来这个辩题的意思是说，给一个贪官很高的工资的话是否他就能不贪了。

我们然后一致觉得答案是：屁话，当然不是。

可惜我们所要辩论的观点是：是。

我们顿时出尽洋相，而那帮在吃饭的时候连普通话都说不利索的家伙此时普通话粤语一起来，观点铺天盖地，例子层出不穷。整个比赛中我们都是在听他们说，一辩甚至连他奶奶的都忘记施展。

比赛的结果是这样的，一个教授模样的人站起来，说了一通废话，然后宣布：这场比赛胜利方是香港中文大学。

然后台下欢呼一片。

然后他又虚伪地说，这场比赛对方也发挥得很出色，他们反驳有力，观点鲜明，尤其是他们的二辩等人，表现镇定，很有风范。

不幸的是，我作为我们的二辩，整场比赛中没有说一句话。

而整场比赛我们说了大概不到五句话。

其中两句是，请对方再说一次我们没听明白。

还有一句是，我也赞同你们的观点。

那个教授的结尾一句话让我们差点儿昏过去，大概此公为了显示自己扎实的中文底子，还在当中用了一句俗话。

这家伙说：最后，我只想说一句，今天这场比赛真是公说公有理，婆说婆有理啊！

此话让我们萌生出快点儿逃离这个可怕的地方的念头。

132

第四天傍晚我们跟随旅行团回内地。之前大半天我们在他们的带领下去了一次大屿山，我当时的感叹是，我要在这里盖所房子。

他们笑笑说，这是不可能的。然后向我阐述了诸如政府是如何保护环境不能随便乱盖房子之类的道理。

然后我们又匆匆忙忙摆渡回来，回去收拾东西，临走前他们还没收了那四张卡，我想他们发现我的卡里只有几块钱的时候肯定会对我憎恨不止。

大约天黑时我们踏上深圳的土地，随即被拉着急忙去机场，最终赶上最后一班去北京的飞机。飞机轰然起飞的时候我突然觉得还是回去比较好点，尤其是在空中飞行了一个半多小时以后，我恨不得从飞机里跳下去，因为下面就是上海。可是我马上又发现，就算是上海，那又怎么样？

快半夜的时候我们到达空旷的首都机场，然后讨论是否有必要赶回去还是在北京住一夜再说。那时候我们急切地希望那个老得不行的家伙回来领队，因为他会说，你们打车回去吧，学校给你们报销。

我们到机场外边打了一辆车，说去野山。司机一听马上说这么晚了他连四环以外的地方都不愿跑，别说那鬼地方了。

当时我们在首都机场的感觉就像被人抛弃了。

而那是事实。

133

到达野山以后我们顿时精神焕发，逢人必说此行的顺利。而在短短五天的时间里，老夏和徐小芹的关系发展迅速，两人在食堂里公然互相喂饭。我责备老夏不应该破坏大家的食欲，老夏说：那算什么，我还见过三人在那儿喂饭的呢。

因为我不能夹杂在他们两人当中一起走路，所以马上在学院里形影孤单。这事想起来很莫名其妙，当时让老夏泡徐小芹是因为此人对我们能否去香港意义重大，等从香港回来以后才发现我们并没有用到这个人。

而这个时候已经是秋天的尾声。

据说这是泡妞的黄金季节。

难怪我们寝室一个很讨厌的家伙没事晚上一直在阳台上叫道：妞！

这个字很简洁明了地代表我们的心声。因为在那个时候，我们已经不知道理想在何方，而生活看上去毫无希望，基本上只有泡妞可以做。而妞儿们也不知道理想在何方，生活同样毫无希望，基本上只有等待被泡可做。

至于什么思想苦闷之类的东西，其实八成是因为悟到上面这个道理的时间太晚，等发觉的时候质量上乘的妞们都已经被别人得到，发生这样的事情，难免苦闷。

所以有一段时间我思想苦闷。

134

一个阳光普照的中午，我在食堂里吃饭，只听见外面有人大声喊道，有人自杀了。马上很多人扔下饭碗去观赏。等我到达现场的时候已经有很多人在。死亡现场是这样的：一个戴眼镜的男的以比较不雅的姿态面孔朝天躺在地上，脑门后面一摊暗红色的血。老夏此时也和徐小芹一起在观看。徐小芹看见这样血腥的场面不由吓得钻进老夏的怀里。而老夏此时其实也是惊恐万分，只恨无怀可钻，只好抱紧徐小芹说：你看，生命是这样的脆弱。

徐小芹点点头。于是老夏接着严肃地说，所以你我要珍惜现在的大好时光。

而我所思考的问题是，此公何以才能跳得面孔朝天。因为一般跳楼都是屁股面天，很少有人能跳出这样难度系数高的动作。

最后安慰的想法是，这家伙在死的时候想看见光明。

135

这人跳楼以后马上带动了一批人，在一个礼拜以内一共出现了三起跳楼事件，其中一件就是老夏干的。

在老夏之前有两个思想苦闷的家伙从六楼跳下，但是观众人数已经大不如前。而老夏是所有跳楼事件中唯一得以幸存的一位。当时的情况是老夏正在阳台上晾衣服，正好那天撑衣服上去的那根杆子让几个小子拿去叉鱼了，于是老夏只好爬到阳台上。这个时候徐小芹在下面喊道：你小心点儿啊。

以后的事情谁都能想到，就是老夏一个扭头，但是因为脚趾骨折没好，只觉得一阵脚软，从二楼侧身掉了下去。

这次的后果是小腿骨折。

136

老夏完全不能走动以后人变得粗暴不堪，我们觉得要有个什么办法让老夏变得文雅一点儿，又考虑到音乐可以陶冶人的情操，所以建议组一个乐队。那个时候正好学院里乐队流行，成堆成堆的新乐队崛起，个个都以为自己才华盖世，只是没有被发现，所以千方百计展示自己。其中不乏一些歌唱得的确不错的人，我们都喜欢听他们唱一些很有名的歌曲，但是千千万万不要唱自己写的东西，因为那些东西无非是歌词做作恶心，曲子七拼八凑。

有一次学院大礼堂里举行原创歌曲大赛，所有的歌曲调都似乎有点儿熟悉，但当我们快要听出这一段抄袭自哪首歌的时候，突然作者曲风一变，又成了另外一首歌。其中只有一个家伙歌曲写得十分大气，我们一致觉得没有听过类似的歌曲，所以认定他是个天才，那次的大奖也颁发给了那个天才。

于是我们院里搞音乐的都对他十分敬仰，一直与他切磋作曲心得。这种情况一直维持到一次中国队和印度尼西亚队比赛的时候。当双方运动员入场然后互奏国歌的时候，和我们一起看比赛的家伙大叫道，原来那厮抄了印度尼西亚国歌。

这个地方具体的音乐发展情况就是这样的。后来我们组个乐队的想法取消，因为在大家都挖掘了自己的潜能以后觉得不妙。像我，只会一样乐器，便是口琴。我们寝室有个家伙倒是会吉他，但是水平有限到只能弹像哀乐一样的慢歌，因为这样方便他边弹边想下个和弦手指应该怎样摆。而一无是处什么都不会只能唱歌的就剩下老夏一个，而要等到老夏的脚康复可就遥遥无期了，上台演唱的话只能拄一个拐杖，这样很容易让人觉得我们在模仿郑智化。

而这个时期我们都非常地想出名，因为这样可以赢得姑娘的芳心。或者说走在路上后面可以有人指指点点，说，这不是×××！然后另外一个姑娘说，对，他就是×××，帅呆了，咱地球人都知道。

然后乐队越来越受欢迎，终于被人发现，于是我们被包装，发了第一张专辑，全球发行几千万张，成为各地青少年的偶像，从修女到妓女都会唱我们的歌，有S600这样的车接送，每次下飞机都有无数的话筒向我们涌来，然后一帮保镖将话筒拦在外面，领取各种大奖，然后说：感谢唱片公司，感谢爸爸妈妈，感谢我的歌迷。

后来开着911这样的车，在路上碰到往日的朋友，当然最好是情敌，如果自己以前喜欢的但是被这个情敌抢去的姑娘在他身边当然再好不过。然后那男的说：呀你小子混得不错。

我戴上墨镜说：哪里哪里，还是你们两个幸福。

那男的又说：我们不行，都是工薪阶层，有个温饱都不错了，哪像你，大红大紫啊。

我说：其实也就是这样了。

然后我看一眼那女的，关切地问道：你最近怎么样？

那女的说：也就是混日子了。

我大度地说：还有一个新闻发布会等着我呢，我有事先走了，你们继续。

然后大家说再见。

然后我的保时捷的四百多匹马力马上派上用场，我挂入一挡，在发动机转速到6000转的时候突然松开离合器，于是我的车两个295/30 ZR18的后胎飞速空转，在一阵尘土飞扬以后，只看见我的车从视线中远去，就如同当年那个美丽姑娘从我视线中远去一样。

然后那女的感叹道：酷毙了。

随后她心里想，当初应该跟他才对。

不幸的是，这是不可能的。

所谓的酷毙了，其实的意思是，这部保时捷911TURBO酷毙了。

137

后来我们完成理想的方式是帮别人写歌词。当时学校盛行的那些歌的歌词都无比恶心幼稚，以下便是一个一直以为自己酷毙了的经常在学院女生寝室楼下自弹自唱的傻×最为得意的歌，歌词是这样的：

> 专一的我，如此专一
>
> 如此专一，为了什么
>
> 唱歌的我，如此唱歌
>
> 如此唱歌，为了什么
>
> 我的心希望你可以看见
>
> 敞开心扉吧
>
> 自从你离开我
>
> 我就哭得掉下眼泪
>
> 自从我爱上你
>
> 才发现爱是多么美
>
> 我爱你我爱你真的很爱你
>
> 你可否知道我心意
>
> 我如此的专一只为你也说
>
> 我爱你我爱你我爱你

当看到此公陈词滥调的东西以后，我就知道原来这个世界上还有比诸如"太可惜了如果这个球不打偏就进了"和"这场辩论会真是公说公有理婆说婆有理"更加废话的东西，就是"自从你离开我，我就哭得掉下眼泪"。

此人一直一个人在学院里游唱，可以肯定的是，在这个学校里，百分之二十的人希望亲手将他掐死，剩下的百分之八十希望亲眼看见有人将他掐死。而最为解恨的一次是在一个黄昏接近晚上的时候，他在女生寝室楼下高声唱歌，在唱到"我爱你我爱你我爱你"的时候，突然一盆洗脚水从天而降，然后一个很泼妇的声音大叫道：爱你妈去吧。

这件事情给他的教训是，以后唱歌最好先观察好地形，料定自己站的地方不会发生祸水天降之类的事情以后，才放声大唱道：专一的我……

而我和老夏在一起写的歌词是这样的：

你说这个世界还有希望吗
我希望希望会有的
什么都会有的
我想这样的生活就是了吧
什么都是有目的的
却不知需要什么

这年秋天我等到一个漂亮的姑娘
后来的事情都是没有意外的了
除了这些我们都能干什么啊
很多事情是自己不能安排的

我想未来就在脚下这话听得很多
可老夏的脚骨折了连挪都不能挪
而我们的生活就像老夏的脚
很想勇往直前可走路却还哆嗦

这个东西受到大家的欢迎，而且这歌让老夏的知名度一下子提高不少，每次老夏在人群里出现，马上有人会私语说：你看那人，就是歌里那老夏，现在是瘸子啦。

还有一个家伙说：不是吧，那家伙还说我们的生活就像他的脚一样，你看他的脚，多恶心。

而这歌的创作过程是，一二两段是瞎写的，第三段里的漂亮姑娘是指徐小芹，"很多事情是自己不能安排的"意思是说，我本来想把徐小芹安排得难看一点可是谁知道她这么漂亮；"后来的事情都是没有意外的了"是说，后来，自己喜欢的女的给朋友抢了，没有意外的话过几天就出去同居了。

而"除了这些我们都能干什么"的意思就是除了这些我们能干什么？这是一个疑问句。

138

像这样的歌词我们写了很多，因为自从"生活像老夏的脚"成为名言而老夏的脚成为名脚以后，找我们写歌词的乐队有很多，这使我萌生一个感觉，就是原来人们不远千里来到这个破地方，都是为了组乐队的。后来知道，这是大家无事可做但又内心充满理想的象征。

我们两个后来写的东西没有几个，其中有个叫《像屎一样》，内容是：

像屎一样

谁踩到算谁倒霉

其实你我真的像一泡屎一样

　　　　只能生活在狗的鼻子下

　　　我不知道我是谁拉的

　　总之我们不该来到这个世上

　　我们本来在温暖的地方

　　　　可还是被人遗弃

　　这个东西写得很难谱曲，后来一个家伙把它说唱了出来，受到大家的热烈欢迎。还有人将歌词反复研究写进论文，并且当面向我们指出了错误——第三句"你我真的像一泡屎一样"应该为"你我真的像两泡屎一样"。

　　而我们坚持认为这句话是对的。

　　至于这些东西里哪些是我写的哪些是老夏写的，分辨的办法是，悲观的都是老夏写的，其余的都是我写的。至于老夏为什么骨折后变得如此悲观颓废，你看看郑智化写的东西就知道了。

　　139

　　我们这个组合一直维持到冬天即将深冬的时候散伙了。散伙的原因是，那年冬天特别寒冷，气温达到零下十七摄氏度，我们冷得万念俱灰，只在想怎么样才能维持生命，成天钻在被窝里不愿出来。而当天气暖和的时候，我们已经对此失去兴趣。

在上海的时候冬天我总觉得完了，太冷了，无法生存了，得去冬眠了。而在这里我丝毫没有这样的想法。我只是想，妈的怎么介绍里没有说这里会冷到零下十七摄氏度。然后我准备将此见闻告诉各个地方的朋友的时候，突然发现无人可告。

那个冬天是这样度过的。当秋天即将结束的时候，我们普遍感觉不对，不添点儿衣服恐怕会客死他乡。这样强烈的要出去买衣服的想法对我来说还是第一次出现。于是我们去小摊上买了一些衣服御寒。香港回来以后顿时发现野山冷掉很多。过了几天我的上铺不可思议地发现厕所里昨天留下的一泡屎硬如磐石，他用正在熟睡的右铺的牙刷柄碰了碰，断定此大便结冰了无疑，于是我们大为紧张，纷纷添衣加被，还出去到超市买了很多吃的东西回来，准备冬眠。三天以后气温一泻千里，宿舍楼的暖气开始开放。

以后的情况可谓一塌糊涂，先是气温五度五度地往下掉，然后是学校冻死一个冬泳的笨蛋。当时的情况是这样的，学校的游泳池处于冰水混合物的状态，那家伙固执地认为，冬泳有益健康，而且出游泳池的时候会感觉周围世界热乎乎的，所以毅然跳入水池，成为建校十几年以来死得最匪夷所思的一个人。

后来我们一致觉得，如果《泰坦尼克号》早点儿拍好的话，这家伙也许可以幸免于难。

到了十二月份的时候，气温基本上在零下十摄氏度左右徘徊，尽管房间里有暖气供应，但是总感觉效果不甚强劲，所以大家全部不去上课，每天的大部分时间躲在床上，床的下面一般有三只热水瓶，一只用来泡面，还有两只用来灌热水袋。每天最痛苦的时间莫过于发现热水用光或者被尿憋得实在不行的时候。

当我严严实实穿好衣服出门一次的时候，发现其实外面不是想象得那般冷。可能当天外面没有什么风，在我踏出宿舍的一刹那我觉得生活还是美好的，因为在生活美好之前我已经在床上躺了七十二个小时有余，在此过程中仅仅上了五次厕所，加了两次热水。而老夏已经卧床不起很长时间，途中徐小芹来看望过三次，每次进门的第一句话总是毫无新意——你们这里真臭！

我走出生活区，穿过操场，不幸看到徐小芹和她的旧男朋友拥抱在一起。

我尽量将此事淡化，比如说当时他们只是在互相取暖。

然后我一路上越发神勇，居然逛出校门，向学校后面走了半个小时，看到一座山，然后冒着寒风爬上半山腰，那里风已经很大，而且此山很秃，再往上就很难下脚。此时我觉得浑身发热，就是脸上冰凉。然后我面对整个市区，几乎失去知觉。

那天晴空万里，而且这个破旧肮脏的地方总是晴空万里。但那却和阳光明媚不是一回事。

142

第二天徐小芹穿得像个球一样来看老夏。老夏关切地问：你最近都干什么了？

徐小芹说：不告诉你。

老夏说：连我都不告诉？

徐小芹捏了一下老夏的脸说：我跟别的男的一起拥抱取暖去了。

老夏哈哈大笑说：我也和别的女的一起拥抱取暖去了。

在听到这些话之前，我从没见到过一个女的，能够把实话说成这样。之后徐小芹帮老夏收拾了一下衣服。为此老夏跟我们叨念了一个下午徐小芹的各种好处，又悼念了一下其他交过的女朋友的种种不是，最后得出的答案是，老子娶定她了。

然后他顺势推舟道：娶的第一步当然是住一块儿，我打算在外面租个房子，大家看我手边正好缺点儿钱，我爹妈马上要给我寄钱过来，这样吧，哪个兄弟先借我两百？

143

当年一月份，老夏凑满一个季度的房钱，在学校外面租了一个两室一厅，并且全部豪华装修，我们参观后一度幻想能将整个寝室都搬过去。老夏满意地环顾四周，说：这样的房子接徐小芹过来应该她会要了吧。我们急忙点头。老夏那天特地将空调开得特暖，使我们个个目光短浅地想如果下辈子投胎一定要做徐小芹。

当天下午三点二十分，我们离开这间屋子，十分钟以后老夏拖着刚好的腿四处奔波寻找徐小芹。到四点三十分，她寝室的一个同学说，她其实从开学到现在都没住过寝室。五点十分，老夏从行政楼知道徐小芹于三十六个小时以前办好退学手续回到北京。五点十五分老夏打电话到徐小芹北京的家里，得知徐小芹已经在四个半小时以前飞往新加坡。

我们可以想象老夏的悲伤，他甚至做出了一个愚蠢的决定，就是真的让我们整个寝室都搬到那个温暖的地方，而自己睡在寝室里。

而让我觉得分外悲伤的是，他们说的最后两句话竟然是徐小芹的"我跟别的男的一起拥抱取暖去了"和老夏的"我和别的女的一起拥抱取暖去了"。

144

老夏的失恋态度是值得让人钦佩的，此人在被莫名其妙抛弃以后，不吵不闹，不卑不亢，不喝酒不抽烟，能够以发展的眼光辩证地看待这个问题，表示这个有好的一面，也有坏的一面。对待同志像春天一样温暖，比如把自己借钱租的房子留给了大家；对待敌人像冬天一样冷酷，比如一个男的嘲笑说徐小芹这样的货色简直就是个挂着学生证的鸡，老夏就马上为附近医院做出了贡献。

这些都是所能看到的。

而我一直以为徐小芹是有苦衷的，比如说是给父母逼去的，或者是身患绝症，为了不让老夏伤心，自己先去了新加坡等死。

我相信老夏也会如此认为。

不幸的是，这是不可能的。

因为老夏以同样的手段查得，那个让老夏脚趾骨折的徐小芹的旧男朋友，在同一个时间去了新加坡。

这两人从此消失不见。

145

老夏认为，这个就是感情生活，必须付出代价。按照张爱玲的说法，结婚就等于长期卖淫，那么老夏和徐小芹在一起的几个月时间，就是中短期卖淫嫖娼。假如没有徐小芹，日子像杯白开水；假如有了徐小芹，日子像杯敌敌畏。这些都是代价。

146

一个月以后，老夏恢复理智，开始日常生活。恢复理智的表现在于把我们从他租的房子里面赶出去，并且常对我说，喂，我们逛逛去，看看有没有什么事情可以干。

所谓的有没有什么事情可以干是指有没有可能再从别的人手里抢一个姑娘过来。我们在学院里走了大概半个小时，觉得此地没有希望，便走出门口，走上天桥，一直往前面走，就发现了那个世界名车云集的地方。

其实当时的气势没有我所说得那么宏伟，那里是一个独立别墅区，我们走进去发现一个女的开着马自达的MX-5出来，我们当时对此茫然无知，只有老夏还略微有些知识，认识那车的标志就是马自达，于是叫道：啊，马子大！

那个女的驾车徐徐从我们身边经过，戴着一副墨镜，在零下五摄氏度的气温下居然敞了个篷开车，然后我们一直目送她到转弯处，老夏看着马自达的车屁股感叹不已地说，屁股真漂亮。

我问老夏：你说谁呢？

老夏说：那车的。

然后老夏又感叹说没想到这个地方也有好车。

我们当时看车的好坏标准很简单，我上面已经说过，只有两个门的就是好车，没有顶的就更好了。而当时我就问老夏：你怎么知道那是好车呢？

老夏说：没看见人家只有两个门吗？

正在此时，出现一辆来公共厕所抽大粪的两个门的卡车，我马上对老夏说：你的好车来了。

老夏没有理会说：你说，他们怎么这么有钱呢？

然后老夏寻求安慰说：那女的一定是妓女。

我说：你见过开这样的车的妓女？

老夏说：那就是一代名妓了。

然后我们继续往里面走，才知道此处不同寻常，停着很多好车。老夏顿时觉得生活不公，因为他在一天以前还推来一部自行车说，你看看我买的车，多新，才花了三十块钱。

我们出了这个小区以后马上找到一个书摊，看见那里堆了一大叠刊物，我和老夏从里面发掘出十几本香港的《人车志》，一共花去五十块钱，大家拿回去分头研究。后来大家很有心得，老夏见到我们第一句话就是：我知道那马自达的车是什么型号了，叫妈叉五，才二十来万。

我大吃一惊说：这么便宜？我还以为得一百多万呢，那人家怎么都买桑塔纳？

老夏徐徐说：港币。

然后我们花了三天多的时间看完这堆杂志，再去那个地方看车，发现顿时视野开阔许多，我基本上能认出是什么牌子，老夏已经能说型号了，唯一出现错误的一次是看见一个大众出的甲壳虫停着，我和老夏过去端详很久，问道：那桑塔纳怎么像球似的？

此时我们的理想变得很统一，就是什么时候要搞部车去。我觉得这个理想的实现要等至少十年，不料几个月以后就实现了，不过只是实现了理想的一半，因为我开的那家伙只有两个轮子。

147

事情是这样的，一天老夏和我在一起吃饭的时候，发现桌上摊了一张纸，上面写着各个车的型号什么价钱以及联系方式，这样的东西以前我们发现不少，只是到了今天大家才认真研究，那张纸上的内容如下：

本公司长期经营进口汽车业务，最近新到一批海关罚没车，无牌价格如下：

奔驰SLK：30万

宝马Z3：32万

丰田塞力卡：11万

本田型格TYPE-R：15万

三菱3000GT：30万

三菱吉普车：10万～20万

丰田MR2：17万

马自达MX-5：16万

马自达RX-7：42万（需预订）

本田PGM3：1.3万

其他高性能跑车如三菱枪骑兵五代（EVO）、3000GTVR4、马自达RX-7、法拉利、保时捷、富士翼豹（STI，世界拉力赛版本）、本田NSX、雪弗莱克尔维特等需要提前预订，大概一个月以后发货，定金为百分之三十，如本田P4、YAMAHAR1、ZX-12R、铃木隼等跑车两周以后发货，价格面议，大多跑车现货供应。质量保证，原装进口，大多九成新，保证满意。车辆牌照10万元一张，为海南牌照或黑龙江牌照，三证齐全，包年检养路费，附海关罚没单。上牌时间为两周，如果加急加百分之十的加急费。

军区牌照25万元一张，连军官证以及部队驾照，挂后勤部，办完可查，假一罚十。

套牌3万元一张。

部队驾照1万元一张。

长期竭诚为广大客户服务，联系方式×××××呼××××，联系人，沈小姐。

看到这个以后我们方才知道为什么这个地方好车云集。但是这些走私车再便宜我们也买不起。不过老夏发现了上面一个叫本田PGM3的东西只有一万三千块钱，觉得如果干点儿什么抢劫绑架的事情还是可以承受的，而我的观点是，他们的"1.3万"多打了一个小数点。

次日老夏正好看见学校门口停着一部摩托车，上面写着NSRPGM，终于悟到那个本田的PGM是什么东西，当即决定要一部，于是马上打电话给爹妈说学校因为扩大建设所以要预收学费，仅此一项老夏就赚了八千来块钱。

然后老夏打电话给那拷机，得到的回复是PGM3有现货，价格是一万两千，不能再便宜了，如果可以，明天可以看车。

于是老夏马上以四千块钱的价格将房子转租给另外一个急着要和姑娘同居的家伙，凑满一万二，第二天带着我去体育场门口看车。

那天我们大概等了半个小时，就听见远方排气管声音大作，老夏激动不已，说：我的车来了。

然后一个男的骑着一部跑车停到我们面前，轰儿把油门，下车说：你看怎么样这车？

老夏一副专家的样子，庄严地绕车三周，摸摸排气管，踢踢轮胎，点头道：还行。

那男的介绍道：这车可是我们这里底子最好的一部，邓乐普的新胎，一挡保你拉到八十。

老夏又点头道：不错。

那男的来了兴致，介绍了一堆此车的好处以及它的英勇经历，最后说：兄弟上去试两圈？

老夏略显为难说：这车挡位是怎么样的？

那男的说：国际挡，没改过，和其他跑车一样。

于是老夏坐上车说：那我发动了。

男的说：你发吧。

老夏一脚把车发动起来，在空挡里油门拧到暴大，那男的在一边夸奖道：一看兄弟的架势就知道是玩车的，多凶猛，最快开过两百吧？我这车改过，能拉两百一，包你爽。

老夏将身体伏在车上，把撑脚收回，注视前方，显得十分专业，然后见他油门一拧，排气管顿时白烟滚滚。

然后老夏突然扭头问那男的说：怪事，这车怎么还不走呢？

那男的差点儿昏过去，表情怪异地说：老兄，你搞什么？你还没挂挡呢。

老夏急忙说：哦，我给忘了，好久不开了。

那男的说：往下踩一挡，二三四五六都是往上钩的。

老夏恍然大悟说：是这样啊，记起来了。

然后老夏就呆坐在车上。

那男的问：你怎么不开了？

老夏支支吾吾地问：那在哪挂挡？

那男的差点儿再昏过去，回过神后指着老夏左脚踩的那地方说：这儿，看见没有！

老夏问道：踩这个？

那男的问老夏：你他妈会不会开车？不会说一声，我教你，别他妈逞强。

我在旁边对老夏说：是啊，你他妈会不会啊？

老夏生气道：我以前开过，只是有点儿生疏，你他妈懂个屁。

然后那男的说：那你就开吧，慢点儿。

然后老夏往下挂一挡，只听车发出"嘎"的一声，然后往前一冲就熄火了。

老夏指着那男的说：你的车有问题吧。

那男的一副要上来杀了老夏的气势，说：有你妈个×，你他妈挂挡不捏离合器啊？

老夏一脸迷惑。

那人上前将老夏推开，跨上车说：你他妈不会开不要弄伤车子，别人还要呢，他妈还在电话里说有赛车驾照以前是学机械的，妈的老子还挑个好车给你，你他妈会开个屁。

说完以后，那人态度有所缓和，终于明白自己不是搞赛车的而是推销走私车的，便拍拍老夏的肩膀说：兄弟，大家以后都是朋友，你不会说一句，我可以教你，我第一次开车的时候也这样。来，你看我起步，先捏离合器……

老夏再次疑惑地说：那个不是后刹车吗？

那人一时又控制不住，骂道：你他妈自行车骑多了？

老夏说：然后呢？

那人说：然后像这样，挂一挡，慢慢松开离合器，再拧一点油门，车就动了。

然后此人继续示范，说：这车很凶，你刚开始开慢点，熟悉一下车子，一般七千转以后换挡，换挡的时候要捏离合器，速度没了再降挡，停车要挂空挡，一般这样的两冲程车发动机转数低了烧火花塞，转数高了伤发动机，所以你这样的初学者很容易开坏。

老夏问道：那我应该转数高呢还是转数低？

那人从没回答过这样的问题，不耐烦道：你看火花塞和发动机哪个便宜就烧哪个。

然后老夏问了一个让此人对老夏彻底失望的问题：那火花塞是什么东西？

那人教诲了老夏半个钟头，老夏终于觉得可以开车上路，再熄火两次以后终于得以缓缓开动，用一挡绕一个圈子以后，老夏一副小人得志的样子问那人：还行吧？

那人忙说行，然后问老夏这车要不要。

老夏说，我再试一圈吧。

然后老夏很潇洒地一踢撑脚，结果没把车摆正，那车正好斜着要倒下去，老夏万万没有想到的是这车居然这么重，连扶都扶不住，然后"咣"一下车子倒地。

那男的忙跑过去和老夏一起扶起车子，观察半天说：呀，这车大板坏了，刮花掉了，看来你非要不可了。

老夏很爽快地掏出一万两千块钱，说：钥匙归我了。

那男的点过钱以后我上去问：兄弟有没有什么便宜点儿的车？

那人说：你是说摩托车啊？

我忙说是。

那人说，最便宜的？

我点头问：有什么车？

他说：这有几辆两冲程的TZM，雅马哈的，一百五十CC，比这车还小点儿。

我问：什么颜色的？

那人说：红白的，红的占多点。

我问：什么价钱？

那人说：诚心想要七千块钱。

我说：行，那你给我留个电话吧。

148

老夏目送此人打车离去后，骑上车很兴奋地邀请我坐上来回学校兜风去。我忙说：别，我还是打车回去吧。

老夏一再请求我坐他的车回去，此时尽管我对这样的生活有种种不满，但是还没有厌世的念头，所以飞快跳上一部出租车逃走。

等我到了学院以后开始等待老夏，半个小时过去他终于推车而来，见到我就骂：日本鬼子造的东西真他妈重。

车子不能发动的原因是没有了汽油。在加满油以后老夏找了个空旷的地方操练车技，从此开始他的飙车生涯。

149

对于摩托车我始终有不安全的感觉，可能是因为在小学的时候学校曾经组织过一次交通安全讲座，当时展示了很多照片，具体内容不外乎各种各样的死法。在这些照片里最让人难以忘怀的是一张一个骑摩托车的人被大卡车绞碎四肢分家脑浆横流皮肉满地的照片，那时候铁牛笑着说真是一部绞肉机。然后我们认为，以后我们宁愿去开绞肉机也不愿意做肉。

而老夏没有目睹这样的惨状，认为大不了就是被车撞死，而自己正在年轻的时候，所谓烈火青春，就是这样的。

150

这部车子出现过很多问题，因为是两冲程的跑车，没有电发动，所以每天起床老夏总要花半个小时在怎样将此车发动起来上面，每次发动，总是汗流浃背，所以自从有车以后，老夏就觉得这个冬天不太冷。

但是发动不起来是次要的问题，主要的是很多人知道老夏有了一部跑车，然后早上去吃饭的时候看见老夏在死命蹬车，打招呼说：老夏，发车啊？

老夏停下说：是啊，天冷，难发。

这还不是最尴尬的，最尴尬的是此人吃完饭踢一场球回来，看见老夏，依旧说：老夏，发车啊？

我相信老夏买这车是后悔的，因为这车花了他所有的积蓄，而且不能有任何的事故发生，一来因为全学院人目光都盯着这部车，倘若一次回来被人发现缺了一个反光镜什么的，必将遭受耻笑；二来一旦发生事故，车和人都没钱去修了。

151

一个月以后，老夏的技术突飞猛进，已经可以在人群里穿梭自如。同时我开始第一次坐他的车。那次爬上车以后我发现后座非常之高，当时我还略有赞叹说视野很好，然后老夏要我抱紧他，免得他到时停车捡人，于是我抱紧油箱。之后老夏挂入一挡，我感觉车子轻轻一震，还问老夏这样的情况是否正常。

以后的事情就惊心动魄了，老夏带了一个人高转数起步，车头猛抬了起来，旁边的人看了纷纷叫好，而老夏本人显然没有预料到这样的情况，大叫一声不好，然后猛地收油，车头落到地上以后，老夏惊魂未定，慢悠悠将此车开动起来，然后到了路况比较好的地方，此人突发神勇，一把大油门，然后我只感觉车子拽着人跑，我扶紧油箱说不行了要掉下去了，然后老夏自豪地说：废话，你抱着我不就掉不下去了。

我觉得此话有理，两手抱紧他的腰，然后只感觉车子神经质地抖动了一下，然后听见老夏大叫：不行了，我要掉下去了，快放手，痒死我了。

我们之所以能够听见对方说话是因为老夏把自己所有的钱都买了车，这意味着，他没钱买头盔了。

这天老夏将车拉到一百二十迈，此速度下大家都是眼泪横飞，不明真相的人肯定以为这两个傻×开车都能开得感动得哭出来。正当我们以为自己是这条马路上飞得最快的人时，听见远方传来涡轮增压引擎的吼叫声，老夏稍微减慢速度说：回头看看是个什么东西。

我泪眼朦胧回头一看，不是想象中的扁扁的红色跑车飞驰而来，而是一辆挺高的白色轿车正在快速接近，马上回头汇报说：老夏，甭怕，一个桑塔纳。

老夏马上用北京话说：你丫危急时刻说话还挺押韵。

话刚说完，只觉得旁边一阵凉风，一部白色的车贴着我的腿呼啸过去，老夏一躲，差点儿撞路沿上，好不容易控制好车，大声对我说：这桑塔纳巨牛×。

我刚刚明白过来是怎么回事情，问：你见过有哪个桑塔纳开这么快的吗？

老夏说：没。

我忙叫道：追！

老夏说：追你个头！不就个桑塔纳？

我说：你见过涡轮增压的桑塔纳？

老夏说：没。追。

后来的事实证明，追这部车使我们的生活产生巨大变化。

事情的过程是老夏马上精神亢奋，降一个挡后油门把手差点儿给拧下来。一路上我们的速度达到一百五十，此时老夏肯定被泪水模糊了双眼，眼前什么都没有，连路都没了，此时如果冲进商店肯定不是什么稀奇的事情了。在这样生死置之度外了一段时间以后，我们终于追到了那部白车的屁股后面，此时我们才看清楚车屁股上的"Evolution"字样，这意味着，我们追到的是一部三菱的枪骑兵，世界拉力赛冠军车。

知道这个情况以后老夏顿时心里没底了，本来他还常常吹嘘他的摩托车如何之快之类，看到"EVO"三个字母马上收油打算回家，此时突然前面的车一个刹车，老夏跟着他刹，然后车里伸出一只手示意大家停车。

当时老夏和我的面容是很可怕的，脸被冷风吹得十分粗糙，大家头发翘了至少有一分米，最关键的是我们两人还热泪盈眶。

我们停车以后枪骑兵里出来一个家伙，敬我们一支烟，问：哪的？

老夏回道：师范里的。

然后这家伙看着我们的脸说：一表人才。

接着此人说：我从没见到过不戴头盔都能开这么猛的人，有胆识，技术也不错，这样吧，你有没有参加什么车队？

老夏木讷地说：没。

然后那人说：那你就参加我们车队吧，你们叫我阿超就行了。

老夏激动得以为这是一个赛车俱乐部，未来马上变得美好起来。

152

当天阿超给了老夏一千块钱的见面礼。晚上八点的时候，老夏准时到了阿超约的地方，那时候那里已经停了十来部跑车，老夏开车过去的时候，一帮人忙围住了老夏的车，仔细端详以后骂道：屁，什么都没改就想赢钱。

然后阿超向大家介绍，这个是老夏，开车很猛，没戴头盔载个人居然能跑一百五，是新会员。

之后马上有人提出要和老夏跑一场，然后掏出五百块钱放在头盔里。我们终于明白原来这个车队就是干这个的。

老夏接过阿超给的SHOEI的头盔，和那家伙飙车，而胜利的过程是，那家伙起步想玩个翘头，好让老夏大开眼界，结果没有热胎，侧滑出去被车压到腿，送医院急救，躺了一个多月。老夏因为怕熄火，所以慢慢起步，却得到五百块钱。当天赛场一共三个车队，阿超那个叫急速车队，还有一个叫超速车队，另一个叫极速车队。而这个地方一共有六个车队，还有三个分别是神速车队、速男车队、超极速车队。事实真相是，这帮都是没文化的流氓，这点从他们取的车队的名字可以看出。这帮流氓本来忙着打架跳舞，后来不知怎么喜欢上飙车，于是帮派变成车队，买车飙车，赢钱改车，改车再飙车，直到有一天遇见绞肉机为止。

老夏迅速奠定了他在急速车队里的主力位置，因为老夏在那天带我回学院的时候，不小心油门又没控制好，起步前轮又翘了半米高，自己吓得半死。结果是，众流氓觉得此人在带人的时候都能表演翘头，技术果然了得。

而我所惊奇的是那帮家伙，什么极速超速超极速的，居然能不搞混车队的名字，认准自己的老大。

153

老夏在一天里赚了一千五百块钱，觉得飙车不过如此。在一段时间里我们觉得在这样的地方，将来无人可知，过去毫无留恋，下雨的时候觉得一切如天空般灰暗无际，凄冷却又没有人可以在一起，自由是孤独的而不自由是可耻的，在一个范围内我们似乎无比自由，却时常感觉最终我们是在被人利用，没有漂亮的姑娘可以陪伴我们度过。比如在下雨的时候我希望身边能有随便陈露徐小芹等等的人可以让我对她们说：真他妈无聊。当然如果身边真有这样的人我是否会这样说很难保证。

总之就是在下雨的时候我们觉得无聊，因为这样的天气不能踢球飙车到处走动，而在晴天的时候我们也觉得无聊，因为这样的天气除了踢球飙车到处走动以外，我们无所事事。

154

我浪费十年时间在听所谓的蜡烛教导我们不能早恋等等问题，然而事实是包括我在内所有的人都在到处寻找自己心底的那个姑娘，而我们所疑惑的是，当我喜欢另一个人的时候，居然能有一根既不是我爹妈也不是我女朋友爹妈的莫名其妙的蜡烛出来说：不行。

当我在学校里的时候我竭尽所能想如何不让老师发现自己喜欢上某人，等到毕业大家工作很长时间以后说起此类事情都是一副恨当时胆子太小思想幼稚的表情，然后都纷纷表示现在如果当着老师的面上床都行。

然而问题关键是，只要你横得下心，当然可以和自己老婆在你中学老师面前上床，而如果这种情况提前十年，结果便是被开除出校，倘若自己没有看家本领，可能连老婆都没有了。

而当时我们又在干什么？

155

老夏又多一个观点，意思是说成长就是越来越懂得压抑欲望的一个过程。老夏的解决方式是飞车，等到速度达到一百八十以后，自然会把自己吓得屁滚尿流，没有时间去思考问题。这个是老夏关于自己飞车的官方理由，其实最重要的是，那车非常漂亮，骑上此车泡妞方便许多——这个是主要理由。原因是如果我给老夏一部国产摩托车，样子类似建设牌那种，然后告诉他，此车非常之快，直线上可以上二百二十，提速迅猛，而且比跑车还安全，老夏肯定说：此车相貌太丑，不开。

156

当年冬天即将春天的时候，我们感觉到外面的凉风似乎可以接受，于是蛰居了一个冬天的人群纷纷开始出动，内容不外乎是骑车出游然后半路上给冻回来继续回被窝睡觉。有女朋友的大多选择早上冒着寒风去爬山，然后可以乘机揩油。尤其是那些和女朋友谈过文学理想人生之类东西然后又没有肌肤之亲的家伙，一到早上居然可以丝毫不拖泥带水地起床，然后拖着姑娘去爬山，爬到一半后大家冷得恨不得从山上跳下去，此时那帮男的色相大露，假装温柔地问道：你冷不冷？

假如对方说冷，此人必定反应巨大，激情四溢地紧紧将姑娘搂住，抓住机会揩油不止；而衣冠禽兽型则会脱下一件衣服，慢慢帮人披上，然后再做身体接触。

而我为什么认为这些人是衣冠禽兽，是因为他们脱下衣冠后马上露出禽兽面目。

当时我对这样的泡妞方式不屑一顾，觉得这些都是八十年代的东西，一切都要标新立异，不能在你做出一个举动以后让对方猜到你的下一个动作。

比如说你问姑娘冷不冷然后姑娘点头的时候，你脱下她的衣服披在自己身上，然后说：我也很冷。

不幸的是，在我面对她们的时候，尽管时常想出人意料，可还是做尽衣冠禽兽的事情。因为在冬天男人脱衣服就表示关心，尽管在夏天这表示耍流氓。

157

在以后的一段时间里我非常希望拥有一部跑车，可以让我在学院门口那条道路上飞驰到一百五十，万一出事撞到我们的系主任当然是再好不过的事情。

在此半年那些老家伙所说的东西里我只听进去一个知识，并且以后受用无穷，逢人就说，以显示自己研究问题独到的一面，那就是：

鲁迅哪里穷啊？他一个月稿费相当于当时一个工人几年的工资哪。

不幸的是，就连那帮不学无术并且一直以为祥林嫂是鲁迅他娘的中文系的家伙居然也知道此事。

原来大家所关心的都是知识能带来多少钞票。

这意味着，知识经济的时代来临了。

158

当年春天中旬，天气开始暖和。大家这才开始新的生活，冬天的寒冷让大家心有余悸，一些人甚至可以看着《南方日报》上"南方"两字直咽口水，很多人复苏以后第一件事情就是到处打听自己去年的仇人有没有冻死。还有人一觉醒来发现自己的姑娘已经跟比自己醒得早的人跑了，更多人则是有事没事往食堂跑，看看今天的馒头是否大过往日。大家都觉得秩序一片混乱。

在这样的秩序中只有老夏一人显得特立独行，主要是他的车显得特立独行。

一个月以后校内出现三部跑车，还有两部SUZUKI的RGV，属于当时新款，单面双排，一样在学校里横冲直撞。然而这两部车子却是轨迹可循，无论它们到了什么地方都能找到，因为这两部车子化油器有问题，漏油严重。

老夏因为是这方面的元老人物，自然受到大家尊敬，很多泡妞无方的家伙觉得有必要"利其器"，所以纷纷委托老夏买车，老夏基本上每部车收取一千块钱的回扣，在他被开除前一共经手了十部车，赚了一万多，生活滋润，不亦乐乎，并且开始感谢徐小芹的离开，因为此人觉得他已经有了一番事业，比起和徐小芹在一起时候的懵懂已经向前迈进了一大步。

而我则依然不知道自己要干什么。

159

当年春天即将夏天，我们才发现原来这个地方没有春天，属于典型的脱了棉袄穿短袖的气候，我们寝室从南方过来的几个人都对此表示怀疑，并且艺术地认为"春天在不知不觉中溜走了"，结果老夏的一句话就让他们回到现实，并且对此深信不疑。老夏说：你们丫仨傻×难道没发现这里的猫都不叫春吗？

160

当年始终不曾下过像南方一样连绵不绝的雨，偶然几滴都让我们误以为是楼上的家伙吐痰不慎，这样的气候很是让人感觉压抑，虽然远山远水空气清新，但是我们依旧觉得这个地方空旷无聊，除了一次偶然吃到一家小店里美味的拉面以外，日子过得丝毫没有亮色。

而这样的环境最适合培养诗人。很多中文系的家伙发现写小说太长，没有前途，还是写诗比较符合国情，于是在校刊上出现很多让人昏厥的诗歌，其中有一首被大家传为美谈，具体内容是：

啊，小鸟

你的心

为什么跳得这么快

平均每分钟达到了六百多次

是你的恋人在枝头

还是猎人在你脚下

这首诗歌引起过全校爱好文学的家伙的大讨论，有人觉得此诗浪漫新颖、大胆细腻，艺术手法先进，并且写文章大为赞扬，觉得继海子以后又一个伟大诗人出现在野山，并且呼吁那家伙多多写诗，最后学海子卧轨的时候通知大家一声好组织观看；还有人认为这破东西其实就是一个竖着写的说明文，丝毫没有什么文学性可言，作者只是在卖弄技巧，等等等等。

一个月后，写这首诗的诗人又写了一首诗：

青蛙

你为什么这么悲伤

你的眼睛含有泪光

原来是你的爹妈

被人类放到了桌上

青蛙

请你不要悲伤

我们大学生发愤图强

争取做祖国的栋梁

保护你们健康成长

这首诗写好以后，整个学院不论爱好文学还是不爱好文学的全部大跌眼镜，半天才弄明白，原来那傻×是写儿歌的，第一首是他的儿歌处女作，因为没有经验，所以没写好，不太押韵，一直到现在这首，终于像首儿歌了。

这件事让我觉得，我们都是无聊的人。

161

小时候我曾经幻想过在清晨的时候徜徉在一个高等学府里面，有很大一片树林，后面有山，学校里面有湖，湖里有鱼，而生活就是钓鱼然后考虑用何种方式将其吃掉。当知道高考无望的时候，我花去一个多月的时间研究各种各样的大学资料，并且对此入迷，不知疲倦地去找什么大学最漂亮，而且奇怪的是当我正视自己情况时居然不曾产生过强烈的失望或者伤感。最后填志愿的时候我的第一个志愿是湖南大学，然后是武汉大学、厦门大学、浙江大学、黑龙江大学。

最后我如愿以偿离开上海，却去了一个低等学府。

162

其实离开上海对我并没有什么特殊的意义，只是有一天我在淮海路上行走，突然发现，原来这个淮海路不是属于我的而是属于大家的。于是离开上海的愿望越发强烈。这很奇怪。可能属于一种心理变态。

163

当我们都在迷迷糊糊的时候，老夏已经建立了他的人生目标，就是要做中国走私汽车的老大。而老夏的飙车生涯也已走向辉煌，在阿超的带领下，老夏一旦出场就必赢无疑，原因非常奇怪，可能对手真以为老夏很快，所以一旦被他超前就失去信心。他在和人飙车上赢了一共两万多块钱，因为每场车队获胜以后对方车队要输掉人家一千，所以阿超一次又给了老夏五千。这样老夏自然成为学院首富，从此不曾单身，身边女孩不断，并且在外面租了两套房子给两个女朋友住，他的车也新改了钢吼火花塞蘑菇头氮气避震加速管，头发留得刘欢般长，俨然一个愤青。

164

阿超则依旧开白色枪骑兵四代，并且从香港运来改装件增加动力，每天驾驭着三百多匹马力的车到处奔走发展帮会。

这样的生活一直持续到五月。老夏和人飙车不幸撞倒路人，结果是大家各躺医院两个月，而老夏介绍的四部跑车之中已经有三部只剩下车架，其中一部是一个家伙带着自己的女朋友从桥上下来，以超过一百九十迈的速度撞上隔离带，比翼双飞，成为冤魂。

还有一个家伙近视，没看见前面卡车是装了钢板的，结果被钢筋削掉脑袋，但是这家伙还不依不饶，车子始终向前冲去。据说当时的卡车司机平静地说：那人厉害，没头了都开这么快。

这些事情终于引起学校注意，经过一个礼拜的调查，将正卧床不起的老夏开除。

我最后一次见老夏是在医院里。当时我买去一袋苹果，老夏说，终于有人来看我了。在探望过程中他多次表达了对我的感谢，表示如果以后还能混出来一定给我很多好处。最后还说出一句很让我感动的话：作家是不需要文凭的。我本以为他会说"走私是不需要文凭的"。

老夏走后没有消息，后来出了很多起全国走私大案，当电视转播的时候我以为可以再次看见老夏，结果发现并没有此人。

至于老夏以后如何一跃成为作家而且还是一个乡土作家，我始终无法知道。

当年春天，时常有沙尘暴来袭，一般是先天气阴沉，然后开始起风，此时总有一些小资群体仰天说，终于要下雨了。感叹完毕才发现一嘴巴沙子。我时常在这个时刻听见人说再也不要待在这个地方了，而等到夏天南方大水漫天的时候又都表示还是这里好，因为沙尘暴死不了人。

过完整个春天，我发现每天起床以后的生活就是吃早饭，然后在九点吃点心，十一点吃中饭，下午两点喝下午茶，四点吃点心，六点吃晚饭，九点吃夜宵，接着睡觉。

老夏的车经过修理和重新油漆以后我开了一天，停路边的时候没撑好车子倒了下去，因为不得要领，所以扶了半个多钟头的车，当我再次发动的时候，几个校警跑过来说根据学校的最新规定校内不准开摩托车。我说：难道我推着它走啊？

校警说：那多吃力，不用推。

我说：你看这车你也知道，不如我发动了跑吧。

校警说：这个是学校的规定，总之你别发动这车，其他的我就不管了。

我没理会，把车发了起来，结果校警一步上前，把钥匙拧了下来，说：钥匙在门卫间，你出去的时候拿吧。

然后我推车前行，并且越推越悲愤，最后把车扔在地上，对围观的人说：这车我不要了，你们谁要谁拿去。

半个小时以后我觉得这车如果论废铁的价钱卖也能够我一个月伙食费，于是万般后悔地想去捡回来，等我到了后发现车已经不见踪影。三天以后还真有个家伙骑着这车到处乱窜，我冒死拦下那车以后说：你把车给我。

那家伙说：凭什么啊？！

我说：这车是我朋友的，现在是我的，我扔的时候心情有些问题，现在都让你骑两天了，可以还我了。

那人说：凭什么说是你的啊？

我说：你他妈别跟我说什么"车上又没刻你的名字"这种未成年人说的话，你自己心里明白。

那人说：现在就是我的了。

随后他一踩油门，绝尘而去。

四天以后我在路上遇见这辆车。那人开得飞快，在内道超车的时候外侧的车突然要靠边停车，那小子就要撞上去了。此时我的心情十分紧张，不禁大叫一声：撞！

不幸的是，开车的人发现了这辆摩托车的存在，一个急刹停在路上。那家伙大难不死，调头回来指着司机骂：你他妈会不会开车啊？

等他走后我也上前去指着司机大骂：你他妈会不会开车啊？刹什么车啊？

又一天我看见此人将车停在学校门口，突然想起自己还有一个备用的钥匙，于是马上找出来，将车发动，并且喜气洋洋在车上等那家伙出现。那人听见自己车的声音马上出动，说：你找死啊？碰我的车！

我说：凭什么说是你的车？

然后他从教室里叫出一帮帮手，然后大家争先恐后将我揍一顿，说：凭这个。

两个星期以后我以偷车的罪名被学校开除。

168

当年春天即将夏天，就是在我"偷车"以前一段时间，我觉得孤立无援，每天看《鲁滨逊漂流记》，觉得此书与我的现实生活颇为相像，如同身陷孤岛，无法自救，唯一不同的是鲁滨逊这家伙身边没有一个人，倘若看见人的出现肯定会吓一跳，而我身边都是人，巴不得让这个城市再广岛一次。

169

有一段时间我坐在教室或者图书室或者走在路上，可以感觉到一种强烈的夏天气息。这样的感觉从我高一的时候开始，当年军训，天气奇热，大家都对此时军训提出异议，但是学校认为这是对学生的一种意志力的考验。我所不明白的是以后我们有三年的时间任学校摧残，为何领导们都急于现在就要看到我们百般痛苦的样子。

那个时候我们都希望可以天降奇雨，可惜发现每年军训都是阳光灿烂，可能是负责此事的人和气象台有很深来往，知道什么时候可以连续十天出太阳，而且一天比一天高温。

黄昏的时候我洗好澡，从寝室走到教室，然后周围陌生的同学个个一脸虚伪问三问四，并且大家装作很礼尚往来品德高尚的样子，此时向他们借钱，保证掏得比路上碰到抢钱的还快。

这个时候我感觉到一种很强烈的夏天的气息，并且很为之陶醉，觉得一切是如此美好。比如明天有节体育课，一个礼拜以后秋游，三周后球赛，都能让人兴奋，但都不同于现在，如果现在有人送我一辆通用别克，我还会挥挥手对他说：这车你自己留着买菜时候用吧。

以后每年我都有这样的感觉，而且时间大大向前推进，基本上每年猫叫春之日就是我伤感之时。

我不喜欢这样恍若隔世的感觉。

170

在野山最后两天我买好到北京的火车票，晚上去超市买东西，回学院的时候发现一个穿黑衣服的长头发女孩子，长得非常之漂亮，然而我对此却没有任何行动，因为即使我今天将她弄到手，等我离开以后她还是会惨遭别人的毒手——也不能说是惨遭，因为可能此人还乐于此道。我觉得可能在这里的接近一年时间里一直在等她，她是个隐藏人物，需要经历一定的波折以后才会出现。

这样的感觉只有在打电子游戏的时候才会有。

不幸的是，她出现得太晚了。

次日，我的学生生涯结束，这意味着，我坐火车再也不能打折了。

171

第二天，我爬上去北京的慢车，带着很多行李，趴在一个靠窗的桌子上大睡，等抬头的时候，车已经到了北京。

到了北京以后我打算就地找工作，但这个想法很快又被就地放弃。

然后我去买回上海的火车票，被告知只能买到三天后的。我做出了一个莫名其妙的举动就是坐上汽车到了天津，去塘沽绕了一圈以后去买到上海的票子，被告知要等五天，我就坐上一部去济南的长途客车，早上到了济南，然后买了一张站台票，爬上去上海的火车，在火车上补了票，睡在地上，一身臭汗到了南京，觉得一定要下车活动一下，顺便上了个厕所，等我出来，看见我的车已经在缓缓滑动，顿时觉得眼前的上海飞了。

于是我迅速到南京汽车站买了一张去上海的票子，在高速公路上睡了六个钟头终于到达五角场那里一个汽车站，下车马上进同济大学吃了个饭，叫了部车到地铁，来来回回一共坐了五回，最后坐到上海南站，买了一张去杭州的火车票，找了一个便宜的宾馆睡下，每天晚上去武林路洗头，一天爬北高峰三次，傍晚到浙大踢球，晚上在宾馆里看电视到睡觉。这样的生活延续到我没有钱为止。

总之我的想法是千万不能停下来。

172

到上海以后，我借钱在郊区租了一个房间，开始正儿八经从事文学创作，想要用稿费生活。每天白天就把自己憋在家里拼命写东西，一个礼拜一共写了三篇小说，全投给了《小说界》，结果没有音信，而我所有的文学激情都耗费在这三篇小说里。

当文学激情用完的时候就是开始有东西发表的时候了。马上我就隔壁邻居老张的事情写了篇纪实文学，投到一个刊物上，不仅发表了，还给了我一字一块钱的稿费。

当时的文章背景是，我要老张讲些自己的光荣事迹，老张便回忆起自己的战争岁月，跟我讲了两个钟头，使我终于搞明白步枪和高射炮有什么区别，我向他要了一张照片，马上飞奔到屋子里，看了一遍《知音》，大体了解这样的文章要怎么写以后，立即挥笔疾书，文章的名字叫《真爱无敌啊！我的爱情在战火纷飞的岁月》，里面帮老张虚构了一个叫"刘秀英"的女人，怎样帮助老张深入敌后，老张在她的帮助下，犹如一把尖刀插入敌方胸膛，歼灭了敌人，但是刘秀英却被鬼子发现最后给枪毙了。故事投出去以后，一个杂志的编辑立刻告诉我要录用。这是我发表的第一篇科幻小说。

此事后来引起巨大社会反响，其中包括老张的老伴和他离婚。于是我又写了一个《爱情没有年龄呐，八十岁老人为何离婚》，同样发表。

.

173

这段时间每隔两天的半夜我都要去一个理发店洗头，之前我决定洗遍附近每一家店，两个多月后我发现给我洗头的小姐都非常小心翼翼安于本分，后来终于知道原来因为我每次换一家洗头店，所以圈内盛传我是市公安局派来监督的。于是我改变战略，专到一家店里洗头，而且只找同一个小姐，终于消除了影响。

这样一直维持到那个杂志组织一个笔会为止，到场的不是骗子就是无赖，我在那儿认识了一个叫老枪的家伙，我们两人臭味相投，我在他的推荐下开始一起帮盗版商仿冒名家作品。

174

这段时间我常听优客李林的东西，放得比较多的是《追寻》，老枪很讨厌这歌，每次听见总骂林志炫小学没上好，光顾泡妞了，咬字十分不准，而且鼻子里像塞了东西。但是每当前奏响起我总是非常陶醉，然后林志炫唱道：站在这里，孤单地，像黑夜一缕微光，不在乎谁看到我发亮……

这时候老枪一拍桌子说：原来是个灯泡广告。

此外还有李宗盛和齐秦的东西。一次我在地铁站里看见一个卖艺的家伙在唱《外面的世界》，不由激动地给了他十块钱，此时我的口袋里还剩下两块钱。到后来我看见那家伙面前的钞票越来越多，不一会儿就超过了我一个月的所得，立马去拿回十块钱，叫了部车回去。

路上我疑惑的是为什么一样的艺术，人家可以卖艺，而我写作却想卖也卖不了，人家往路边一坐唱几首歌就是"穷困的艺术家"，而我往路边一坐就是乞丐。

答案是：他所学的东西不是每个人都会的，而我所会的东西是每个人不用学都会的。

这样子一直维持到我们接到第一个剧本为止。

175

磕螺蛳莫名其妙跳楼以后我们迫不及待请来一凡和制片人见面，并说此人如何如何出色。制片一看见一凡，马上叫来导演，导演看过一凡的身段以后，觉得有希望把他塑造成一个国人皆知的影星。我们三人精心炮制出来的剧本通过并且马上进入实质性阶段，一凡被抹得油头粉面，大家都抱着玩玩顺便赚一笔钱回去的态度对待此事。

电视剧搞到一半，制片突然觉得没意思，可能这个东西出来会赔本，于是叫来一帮专家开了一个研讨会，会上专家扭捏作态自以为是废话连篇，大多都以为自己是这个领域里的权威，说起话来都"一定是如何如何"，并且搬出以前事例说明他说话很有预见性，这样的人去公园门口算命应当会更有前途。还有一些老家伙骨子里还是抗战时的东西，却要装出一副思想新锐的模样，并且反复强调说"时代已经进入了二十一世纪"，仿佛我们都不知道这一点似的，这样的老家伙口口声声说什么都要交给年轻人处理，其实巴不得所有的酒吧舞厅都改成敬老院。

其中有一个最为让人气愤的老家伙，指着老枪和我说：你们写过多少剧本啊？

老枪说：这是第一个。

然后那老家伙说：这怎么可能成功啊，你们连经验都没有，怎么写得好啊？

老枪此时说出了我与他交往以来最有文采的一句话：我们是连经验都没有，可你怕连精液都没有了，还算是男人，那我们好歹也算是写剧本的吧。

那老家伙估计已经阳痿数年，一听此话，顿时摇头大叫"朽木不可雕也"然后要退场。退场的时候此人故意动作缓慢，以为下面所有的人都会竭力挽留，然后斥责老枪，不料制片上来扶住他说：您慢走。

后来这个剧依然继续下去，大家拍电视像拍皮球似的，一个多月时间里就完成了二十集，然后大家放大假，各自分到十万块钱回上海。

176

我们终于体会到有钱的好处，租有空调的公寓，出入各种酒吧，看国际车展，并自豪地指着一部RX-7说：我能买它一个尾翼。与此同时我们对钱的欲望逐渐膨胀，一凡指着一部奥迪TT的跑车自言自语：这车真胖，像个马桶似的。

然后他兴奋地将我们叫来说：我得有这车。

不幸的是，这个时候过来一个比这车还胖的中年男人，见到它像见到兄弟，自言自语道：这车真胖，像个馒头似的。然后叫来营销人员，问：这车什么价钱？

"六十七万。"

"还行啊，上去试试？"

"你等等，我给你去拿钥匙。"

那男的钻上车后表示满意，打了个电话给一女的，不一会儿一个估计还是学生的女孩子徐徐而来，也表示满意，那男的说：这车我们要了，你把它开到车库去，别给人摸了。

一凡在那儿看得两眼发直，到另外一个展厅看见一部三菱日蚀跑车后，一样叫来人说：这车我进去看看。

那人说：先生，不行的，这是展车，只能外面看，而且我们也没有钥匙。

177

几个月后电视剧播出。起先是排在午夜时刻播出，后来居然挤进黄金时段，然后记者纷纷来找一凡，老枪和我马上接到了第二个剧本，一个影视公司飞速和一凡签约，一凡马上接到第二部戏，人家怕一凡变心先付了十万块定金。我和老枪也不愿意和一凡上街，因为让人家看见了以为是一凡的两个保镖。我们的剧本有一个出版社以最快的速度出版了，我和老枪拿百分之八的版税，书居然在一个月里卖了三十多万册，我和老枪又分到了每个人十五万多，而在一凡签名售书的时候队伍一直绵延了几百米。

这年秋天我们都火了。

178

我深信这不是一个偶然，是多年煎熬的结果。一凡却相信这是一个偶然，因为他许多朋友多年煎熬却没有结果。老枪乐于花天酒地，不思考此类问题。

后来我将我出的许多文字做点儿修改以后出版，销量出奇的好，此时一凡已经是国内知名的明星，要见他还得打电话给他经纪人，通常的答案是一凡正在忙，过会儿他会转告。后来我打过多次，结果全是这样，终于明白原来一凡的经纪人的作用就是在一凡的电话里喊：您所拨打的用户正忙，请稍后再拨。

然后我终于从一个圈里的人那儿打听到一凡换了个电话，马上照那人说的打过去，果然是一凡接的，他惊奇地问：你怎么知道这个电话？

我说：想知道当然能知道。

他说：这电话一般我会回电，难得打开的，今天正好开机。你最近忙什么呢？

我说：没什么。你现在在哪儿呢？

一凡说：我在拍一个外景，你在哪呢？

我说：我正好在北京办点儿事，你呢？

一凡说：哎呀不巧啊我正好在上海啊。

我说：没事，你说个地方，我后天回去，到上海找你。

一凡说：别，我今天晚上回北京，明天一起吃个中饭吧。

我说：行啊，听说你在三环里面买了个房子？

一凡说：没呢，是别人——哎，轮到我的戏了明天中午十二点在北京饭店吧。

我问：那什么地方？

一凡说：好了不跟你说了导演叫我了天安门边上。

这天晚上我就订了一张去北京的机票，首都机场打了个车就到北京饭店，到了前台我发现这是一个五星级的宾馆，然后我问服务员：麻烦你帮我查一下一个叫张一凡的人。

服务员查了一下说没这个人。

然后我说：你们这里有什么剧组最近在？

服务员说：对不起先生，这是保密内容，这是客人要求的，我们也没有办法。

第二天中午一凡打我电话说他在楼下，我马上下去，看见一部灰色的奥迪TT，立马上去恭喜他梦想成真。

我坐在他的车上绕了北京城很久终于找到一个僻静的地方，

大家吃了中饭，互相说了几句吹捧的话，并且互相表示真想活得像对方一样，然后在买单的时候大家争执半个钟头有余，一凡开车将我送到北京饭店贵宾楼，我们握手依依惜别，从此以后再也没有见过面。

其间我给他打过三次电话，这人都没有接，直到有一次我为了写些关于警察的东西，所以和徐汇区公安局一个大人物吃饭，当时一凡打了个电话给我，寒暄了一阵然后说：有个事不知道你能不能帮个忙，我驾照给扣在徐汇区了，估计得扣一段时间，你能不能想个什么办法或者有什么朋友可以帮我搞出来？

我说：搞不出来，我的驾照都还扣在里面呢。

从此大家互相没有来往。

179

然后是老枪，此人在有钱以后回到原来的地方，等候那个初二的女孩子，并且想以星探的名义将她骗入囊中，不幸的是老枪等了一个礼拜那女孩始终没有出现，最后才终于想明白原来以前是初二，现在已经初三毕业了。

180

此时我也有了一个女朋友，是电视台某谈话节目的编导，此人聪慧漂亮，每次节目有需要得出去借东西都能扛着最好的器具回来。她工作相对比较轻松，自己没找到话题的时候整天和我厮混在一起。与此同时我托朋友买了一台走私海南牌照的跑车3000GT，因为是自动挡，而且车非常之重，所以跟桑塔纳跑的时候谁都赢不了谁，于是马上又叫朋友订了一台双涡轮增压的3000GT，原来的车二手卖掉了，然后打电话约女朋友说自己换新车了要她过来看。

她兴冲冲赶到，看见我的新车后大为失望，说：不仍旧是原来那个嘛。

我说：不，比原来那个快多了，你看这钢圈，这轮胎，比原来的大多了，你进去试试。

我们上了逸仙路高架，我故意急加速了几次，下车后此人说：快是快了很多，可是人家以为你仍旧开原来那车啊，等于没换一样。这样显得你多寒酸啊。

听了这些话我义愤填膺，半个礼拜以后便将此人抛弃。此人可能在那个时候终于发现虽然仍旧是三菱的跑车，但是总比街上桑塔纳出去有面子多了，于是死活不肯分手，害我在北京躲了一个多月，提心吊胆回去不幸发现此人早就已经有了新男朋友，不禁感到难过。

其实从她做的节目里面就可以看出此人不可深交，因为所谓的谈话节目就是先找一个谁都弄不明白应该是什么样子的话题，最好还能让谈话双方产生巨大观点差异，恨不能当着电视镜头踹人家一脚。然后一定要有几个看上去口才出众的家伙，让整个节目提高档次，而这些家伙说出了自己的观点以后甚是洋洋得意以为世界从此改变。最为主要的是无论什么节目一定要请几个此方面的专家学者，说几句废话来延长录制的时间，要不然你以为每个对话节目事先录的长达三个多钟头的现场版是怎么折腾出来的。最后在剪辑的时候删掉幽默的，删掉涉及政治的，删掉专家的废话，删掉主持人念错的，最终成为一个三刻钟的所谓"谈话"节目。

而且这样的节目对人歧视有加，若是嘉宾是金庸巩俐这样的人，一定安排在一流的酒店，全程机票头等舱；倘若是农民之类，电视台恨不得这些人能够在他们的办公室里席地而睡，火车票只能报坐的不报睡的，吃饭的时候客饭里有块肉已经属于很慷慨的了，最为可恶的是此时他们会上前说：我们都是吃客饭的，哪怕金庸来了也只能提供这个。这是台里的规矩。

自从认识那个姑娘以后我再也没看过谈话节目。

181

此后我又有了一个女朋友，此人可以说来也匆匆去也匆匆，她是我在大学里看中的一个姑娘，为了对她表示尊重我特地找人借了一台蓝色的枪骑兵四代。她坐上车后说：你怎么会买这样的车啊，我以为你会买那种两个位子的。

然后我大为失望，一脚油门差点儿把踏板踩进地毯。然后只听见四只全新的胎"吱吱"乱叫，车子一下蹿了出去，停在她们女生寝室门口。我说：我突然有点儿事情你先下来吧。我手机掉了，以后你别打，等我换个号码后告诉你。

最后我问：你是不是喜欢两个位子的，没顶的那种车？

那女的点点头。

于是我掏出五百块钱塞她手里说：这些钱你买个自行车吧，正符合条件，以后就别找我了。

此后有谁对我说枪骑兵的任何坏处比如说不喜欢它屁股上三角

形的灯头上出风口什么的，我都能上去和他决斗，一直到此人看到枪骑兵的屁股觉得顺眼为止。

我不明白我为什么要抛弃这些人，可能是我不能容忍这些人的一些缺点，正如同他们不能容忍我的车一样。

此后我决定将车的中段和三元催化器都拆掉，一根直通管直接连到日本定来的碳素尾鼓上，这样车发动起来让人热血沸腾，一加速便是天摇地动，发动机到五千转朝上的时候更是天昏地暗，整条淮海路都以为有拖拉机开进来了，路人纷纷探头张望，然后感叹：多好的车啊，就是排气管漏气。

这样的车没有几人可以忍受，我则是将音量调大，疯子一样赶路，争取早日到达目的地可以停车熄火。我想能有本领安然坐上此车的估计只剩下纺织厂女工了。

182

这段时间我疯狂改车，并且和朋友开了一个改车的铺子。大家觉得还是车好，好的车比女人安全：比如车不会将你一脚踹开说我找到新主人了；不会在你有急事情要出门的时候花半个钟头给自己发动机盖抹口红；不会在你有需要的时候对你说我正好这几天来那个不能发动否则影响行车舒适性；不会有别的威武的吉普车擦身而过时激动得到了家还熄不了火；不会在你激烈操控时产生诸如侧滑等问题；不会要求你三天两头给她换颜色否则不上街；不会要求你一定要加黄喜力的机油否则会不够润滑；不会在你不小心拉缸时给你几个巴掌。而你需要做的就是花钱买下来，然后五千公里保养一下而不是每天早上保养一个钟头，换个机油滤清器、汽油滤清器、空气滤清器，两万公里换几个火花塞，三万公里换避震刹车油，四万公里换刹车片，检查刹车碟，六万公里换刹车碟刹车鼓，八万公里换轮胎，十万公里二手卖掉。

183

开了改车的铺子以后我决定不再搞他妈的文学，并且从香港订了几套TOPMIX的大包围过来，为了显示实力甚至还在店里放了四个SPARCO的赛车坐椅、十八寸的钢圈，大量HKS、TOM'S、无限、TRD的现货，并且大家出资买了一部富康改装得像妖怪停放在门口。结果一直等到第三天的时候才有第一笔生意，一部本田雅阁徐徐开来，停在门口，司机探出头来问：你们这里是改装汽车的吗？

我们忙说正是此地，那家伙四下打量一下说：改车的地方应该也有洗车吧？

于是我的工人帮他上上下下洗干净了车，那家伙估计只看了招牌上"前来改车，免费洗车"的后半部分，一分钱没留下，一脚油门消失不见。

第二笔生意是一部桑塔纳，车主专程从南京赶过来，听说这里可以改车，兴奋得不得了，说：你看我这车能改成什么样子。

我一个在场的朋友说：你想改成什么样子都行，动力要不要提升一下，帮你改白金火嘴，加高压线，一套燃油增压，一组……

那家伙打断说：里面就别改了，弄坏了可完了，你们帮我改个外形吧。

我问：那你要什么样子？

他说：什么样子都行。

我说：只要你能想出来，没有配件我们可以帮你定做。

那人一拍机盖说：好，哥们，那就帮我改法拉利吧。

最后在我们的百般解说下他终于放弃了要把桑塔纳改成法拉利模样的念头，因为我朋友说：行，没问题，就是先得削扁你的车头，然后割了你的车顶，割掉两个分米，然后放低避震一个分米，车身得砸了重新做，尾巴太长得割了，也就是三十四万吧，如果要改的话就在这纸上签个字吧。

那家伙一听这么多钱，而且工程巨大，马上改变主意说：那你帮我改个差不多的吧。

于是我们给他做了一个大包围，换了个大尾翼，车主看过以后十分满意，付好钱就开出去了。看着车子缓缓开远，我朋友感叹道：改得真他妈像个棺材。

184

后来我们没有资金支撑下去，而且我已经失去了对改车的兴趣，觉得人们对此一无所知，大部分车到这里都是来贴个膜装个喇叭之类，而我所感兴趣的，现在都已经满是灰尘。

一个月后这铺子倒闭，我从里面抽身而出，一个朋友继续将此铺子开成汽车美容店，而那些改装件能退的退，不能退的就廉价卖给车队。

185

从那以后我待在家里非常长一段时间，觉得对什么都失去兴趣，没有什么可以让我激动万分，包括出入各种场合，和各种各样的人打交道，我总是竭力避免遇见陌生人，然而身边却是千奇百怪的陌生面孔。

186

当年冬天，我到香港大屿山看风景，远山大海让我无比激动，两天以后在大澳住下，天天懒散在迷宫般的街道里，一个月后到尖沙咀看夜景，不料看到个夜警，我因为临时护照过期而被遣送回内地。

187

当年冬天一月，我开车去吴淞口看长江，可能看得过于入神，所以用眼过度，开车回来的时候在逸仙路高架上睡着。躺医院一个礼拜，其间收到很多贺卡，全部送给护士。

188

当年冬天即将春天，长时间下雨。重新开始写剧本，并且到了原来的洗头店，发现那个女孩已经不知去向。收养一只狗一只猫，并且常常去花园散步，周末去听人在我旁边的教堂中做礼拜，然后去超市买东西，回去睡觉。

然后老枪打电话过来问我最近生活，听了我的介绍以后他大叫道：你丫怎么过得像是张学良的老年生活。

189

当年春天即将夏天，看到一个广告，叫："时间改变一切，唯有雷达表……"马上去买了一个雷达表，后来发现蚊子增多，后悔不如买个雷达杀虫剂。

同时间看见一个手机广告，什么牌子不记得了，具体就知道一个人飞奔跃入水中，广告语是"生活充满激情"。

190

于是我充满激情从上海来到北京，然后坐火车到野山，去体育场踢了一场球，然后找了个宾馆住下，每天去学院里寻找最后一天看见的穿黑色衣服的漂亮长发姑娘，后来我发现就算她出现在我面前我也未必能够认出，她可能已经剪过头发，换过衣服，不像我看到的那般漂亮，所以只好扩大范围，去掉条件"黑"、"长发"、"漂亮"，觉得这样把握大些，不幸发现，去掉了这三个条件以后，我所寻找的仅仅是一个"穿衣服的姑娘"。

191

这可能是寻求一种安慰，或者说在疲惫的时候有两条大腿可以让你依靠，并且靠在上面沉沉睡去，并且述说张学良一样的生活，并且此人可能此刻认真听你说话，并且相信。

或者说当遭受种种暗算，我始终不曾想过要靠在老师或者上司的大腿上寻求温暖，只是需要一个漂亮如我想象的姑娘，一部车子的后座。这样的想法十分消极，因为据说人在这样的情况下要奋勇前进，然而问题关键是当此人不想前进的时候，是否可以让他安静。

可能这样的女孩子几天以后便会跟其他人跑路，但是这如同车祸一般，不想发生却难以避免。

至少不要问我问题或者寻求答案。

192

当年夏天，我回到北京。我所寻找的从没有出现过。

（全文完）

韩寒

1982年9月23日出生

作家、赛车手、导演

小说、散文作品总销量超2000万，被翻译成十余种语言在全球出版

作品：

小说

《三重门》《像少年啦飞驰》《长安乱》《一座城池》

《光荣日》《他的国》《1988：我想和这个世界谈谈》

散文

《零下一度》《就这么漂来漂去》《我所理解的生活》

杂文

《通稿二零零三》《杂的文》《可爱的洪水猛兽》《青春》

主编：

《独唱团》

《很高兴见到你》《去你家玩好吗》《想得美》

《不散的宴席》《在这复杂世界里》《和喜欢的一切在一起》

《我们从未陌生过》《可以不可以》

电影：

《后会无期》《乘风破浪》

赛车：

中国职业赛车史上唯一场地与拉力双冠军

像少年啦飞驰

产品经理｜殷梦奇　　责任印制｜路军飞

产品统筹｜陈　曦　　出 品 人｜吴　畏

图书在版编目（CIP）数据

像少年啦飞驰 / 韩寒著. -- 天津：天津人民出版
社, 2017.12（2018.3重印）
　　ISBN 978-7-201-12620-3

　　Ⅰ. ①像… Ⅱ. ①韩… Ⅲ. ①长篇小说—中国—当代
Ⅳ. ①I247.5

　　中国版本图书馆CIP数据核字(2017)第283322号

像少年啦飞驰
XIANG SHAONIAN LA FEICHI

出　　版　天津人民出版社
出 版 人　黄　沛
地　　址　天津市和平区西康路35号康岳大厦
邮 政 编 码　300051
邮 购 电 话　022-23332469
网　　址　http://www.tjrmcbs.com
电 子 信 箱　tjrmcbs@126.com

责 任 编 辑　温欣欣
产 品 经 理　殷梦奇

制 版 印 刷　山东鸿君杰文化发展有限公司
经　　销　新华书店
发　　行　果麦文化传媒股份有限公司
开　　本　880×1230毫米　1/32
印　　张　6.25
印　　数　8,011-16,010
字　　数　140千字
版 次 印 次　2017年12月第1版　2018年3月第3次印刷
定　　价　42.00元